KB104158

A4 한 장을
쓰는 힘

A4 한 장을 쓰는 힘

안 광 복

글쓰기 근력을
길러줄
최소한의 글쓰기 수업

어크로스

당신은 당연히 해낼 수 있다

나는 교양 철학 분야에서 가장 책을 많이 쓰고 판 작가 중 한 명이다. 강연 요청도 끊이지 않는다. 나를 소개할 때는 '대한민국의 대표 철학 교사'라는 낯간지러운 수식어가 따라붙곤 한다. 그래서인지 나의 달변과 글 쓰는 능력은 타고난 것이라 여기는 이들이 종종 있다. 하지만 전혀 그렇지 않다. 스무 살 무렵 나는 지금과 전혀 달랐다.

나는 말더듬이였다. 게다가 악필이기까지 했다. 무엇보다 나는 글을 못 썼다. 나는 책벌레에, 성실한 학생이었다. 그런데도 학점은 학사경고 부근을 넘나들었다. 논리가 성겼고 표현이 어눌했으며, 글씨까지도 알아보기 힘들게 썼던 탓이다. 대학 1학년 교양 국어, 전교생이 내야 하는 독후감 과제에서도 나는 번번이 낙제를 받았다. 나의 스무 살은 언제나 찌질했고 주눅 들어 있었다. 이랬던 내가 어떻게 지금과 같은 '작가'가 되었을까? 《A4 한 장을 쓰는 힘》에는 이 물음에 대한 답이 담겨 있다.

"너는 참 운이 좋은 아이야."

돌아가신 아버지가 내가 불혹不惑 언저리에 이르렀을 때부터 줄곧 하셨던 말씀이다. 맞다. 나는 운이 좋았다. 무엇보다 말더듬증은 나에게 축복이었다. 말하기가 쉽지 않았기에, 사람을 만날 때마다 긴장했기에, 거듭 생각하며 할 말을 다듬는 습관이 몸에 배었다. 무엇을 말할지 머릿속에 정리되어 있어야 덜 당황하기 때문이다.

악필 역시 나에게 행운이었다. 알아보기 힘든, 못생긴 글씨를 오래도록 읽고 싶어 하는 사람은 없다. 그래서 나는 요점을 추려 짧고 분명하게 쓰는 버릇이 생겼다. 나의 '시그니처'가 된 쉽고 간명한 문투는 이렇게 만들어졌다.

긴 논증을 따라가지도, 펼치기도 어려웠던 나의 머리도 인생 최고의 선물이었다. 이해가 버거운 내용들을 만나면 나는 매번 손으로, 내 말투로 일일이 정리했다. 그러곤 달달 외웠다. 이런 과정을 거쳐 인문 작가로서 나의 최대 장점인 '어려운 내용을 알기 쉽게 풀어내는 능력'이 길러졌다.

'1만 시간의 법칙'이란, 어떤 일이든 하루 세 시간씩 10년을 거듭하면 누구나 전문가가 될 수 있다는 것이다. 나에게는 전혀 새롭지 않은 소리다. 내가 바로 이렇게 살아왔던 탓이다. 말더듬이에, 악필에, 논리 감각 떨어지던 나도 작가가 되었다. 그러니 나보다 훨씬 훌륭한 당신은 충분히 글을 잘 쓸 수 있다. A4 한 장을 채우지 못해, 아니 첫 문장에서부터 전전긍긍하기에 이 책을 손에 들었다면 용기를 내시기 바란다. 당신은 당연히 해낼 수 있다.

이 책은 글쓰기 책이다. 그렇지만 대부분 내용은 책 읽기와 독서 기록 방법으로 채워져 있다. 왜 그럴까? "당신이 무엇을 먹었는지 알려달라. 그러면 그대가 어떤 사람인지 일러 주겠다." 프랑스의 법관이자 미식가였던 앙텔름 브리야사바랭의 말이다. 이는 글쓰기에도 통한다. 재료가 좋으면 무엇을 만들건 대부분 맛있다. 마찬가지로, 훌륭한 글을 쓰려면 일단 좋은 글과 자료를 많이, 제대로 읽어야 한다.

게다가, 음식을 먹고 '맛있다', '훌륭하다'라고 감탄만 하는 수준에서는 훌륭한 요리를 만들지 못한다. 뭐가 맛있는지를 알았다면, 어떻게 만들어졌는지 레시피를 짐작하며 스스로 꾸릴 줄 알아야 한다. 독서 기록을 꾸준히 쓰며, 한 편의 잘 짜인 글로 다듬는 훈련이 필요한 이유도 여기에 있다. 쓰기는 읽기보다 훨씬 어렵다. 읽은 내용을, 나아가 자신의 체험을 자기 말투와 생각으로 정리하여 영혼에 심는 능력이 없다면, 무엇을 쓰건 헛헛하고 울림이 없는 글이 되고 만다. 따라서 글쓰기 능력을 키우고 싶다면 독서 기록부터 충실하게 남기는 훈련이 중요하다. 내용의 집중도를 높이기 위해, 이 책은 체험에 바탕을 둔

에세이 쓰기에 방점을 두지는 않는다. 어떻게 해야 독서 기록을 통해 글쓰기 근력을 키우는지를 친절하게 알려주는 데 힘을 모았다. 이 모두는 내가 오랫동안 몸에 익혀서 지금도 쓰고 있는 '글쓰기 기본 루틴'이기도 하다. 나 역시 독서 기록을 추리고 정리하면서 작가로 거듭났다.

각 장에는 내가 작성한 독서 기록들이 하나씩 붙어 있다. 모두 A4 한 장 내외의 글들이다. 글쓰기 능력을 길러주는 책을 소개하는 글인 만큼, 시작하기 전에 독서 기록에 필요한 팁을 정리한 '독서 기록 가이드'를 담았다. 이를 참고하면서 소개한 독서 기록을 읽어보셨으면 한다. 아울러, 소개된 책들은 대개 출간된 지 꽤 된 것들이다. 심지어 절판된 도서도 있다. 세월은 무엇이 가치 있는지를 알려주는 가장 좋은 증명 수단이다. 여기서는 작가인 나의 글쓰기에 가장 깊게, 오랫동안 영향을 끼친 책들을 실었다. 믿고 찾아 읽어보셔도 좋다.

끝으로, 나는 참 운이 좋은 사람이다. 20여 년 전, 내 홈페이지(지금은 블로그)를 보고 어느 젊은 편집자가 책을 내지 않겠느냐는 제안을 해주었다. 무명작가였던 나에게는 엄청난 기회였다. 그 '젊은 편집자'가 지금의 어크로스 김형보 대표님이다. 글쓰기 인생에서 잊지 못할 고마운 분이다. 오랜 세월 부족한 내 글들을 멋지게 다듬고 살려주신 최윤경 편집장님께, 그리고 꼼꼼하고 섬세하게 내용을 챙겨주신 강민영 편집자님께 깊이 감사드린다. 이분들과의 인연은 작가로서의 나에게 가장 큰 행운이리라.

성균관대 사범대학장을 지내신, 한문학자인 이명학 중동고 교장 선생님께 나는 간결하고 꾸미지 않는 문투를, 진솔한 어법이 무엇인지를 배웠다. 늘 가슴에 담아두었던 고마움을 책 출간에 기대어 전하고 싶다. 학교생활은 교학상장教學相長의 연속이다. 가르침과 깨달음을 주시는 중동고 교직원, 학생들께 깊은 고마움을 드리고 싶다.

첫 책을 낼 때 한 살 남짓이었던 아들 종석이와 딸 지원이는 어느덧 훌륭한 청년이 되었다. 내가 여기까지 온 것은 모두 가족의 한결같은 사랑 덕분이다. 내 삶의 보석인 아내와 두 아이에게, 그리고 어머니와 형제들에게 감사를 전한다. 나는 참 복이 많은 사람이다.

2024년 8월

안광복

차례

3부 A4 한 장 써보기

독서 기록으로 익히는 글쓰기의 정석

4부 글을 돋보이게 하는 한 끗 차이의 비밀

글쓰기의 필살기 연습하기

프롤로그

나는 왜 글을 못 쓸까?

깊은 생각을 만드는 A4 한 장의 기록

마음처럼 쉽게 쓰지 못하는 이유

'정신적 변비'만큼 괴로운 일도 없다. 속 시원히 뜻한 바를 털어놓고 싶지만 내 생각은 좀처럼 글이 되어 터져 나오지 않는다. 창자에 묵직하게 쌓여만 가는 '그것'처럼, 풀리지 않는 생각은 몸과 마음을 짓누른다.

나는 왜 이렇게 글쓰기에 젬병일까? 심지어 누군가는 나를 생각 없는 사람으로 여기는 듯싶다. 어떻게 해야 내 심정을 글로 술술 풀어낼 수 있을까? 이런 고민이 남의 일 같지 않다면 독서 기록장을 만들어볼 일이다.

"괜찮은 글 한 페이지를 쓰려면 100페이지의 독서량이 필요하다." 일본의 저술가 다치바나 다카시의 말이다. 아예 먹은 게 없다면 변비가 생길 이유가 없다. '정신적 변비'도 마찬가지다. 고민을 하려면 먼저 내 영혼이 고민할 수준이 되어야 한다. 그러니 일단 '내 생각'이라는 것이 생길 만큼 많이 읽고 많이 들어야 한다.

하지만 많이 보고 듣기만 한다고 생각이 영글지는 않는다. 아기가 걸음마를 하려면 스스로 서는 연습을 해야 한다. 남이 걷는 모습을 많이 보기만 해서는 될 일이 아니다. 쓰고 말하는 것도 마찬가지다. "글쓰기는 오직 글쓰기를 통해서만 배울 수 있다." 미국의 작가 나탈리 골드버그의 말이다. 내 생각을 제대로 펼치고 싶다면 일단 쓰고 말하는 연습을 많이 해야 한다. 그러면 어디서부터 시작해야 할까?

글쓰기 근력은 어떻게 만들어지는가

운동을 처음 배울 때를 떠올려보자. 초보자는 다른 선수들의 멋진 경기를 흉내 내며 동작을 익혀나간다. 글쓰기도 마찬가지다. 뛰어난 작가들을 따라 하다 보면, 나도 어느새 그들처럼 내 생각을 후련하게 펼치는 날이 온다.

그러나 운동을 눈으로만 좋아하는 사람은 발전이 없다. 아무리 TV로 멋진 시합을 보고 있어도, 하루 종일 소파와 한 몸이 되어 있다면 물렁살이 찐 배불뚝이가 될 수밖에 없다. 환상의 플레이를 자기 것으로 만들려면 몸으로 흉내 내며 땀을 흘려야 한다. 책 읽기도 그래야 한다. 훌륭한 작품을 많이 읽는 것만으로는 내 생각이 자라지 않는다. 책을 소개하는 블로그에 들어가 보면 남이 쓴 글을 그대로 복사해서 붙여놓은 경우도 적지 않다. 이렇게만 해서는 글 실력이 늘지 않는다. 읽은 내용을 똑같이 옮기는 데 그치지 않고, 나의 문장으로 '정리'할 때 비로소 글 쓰는 힘이 내게서 생겨 자라난다.

그래서 독서 기록은 중요하다. 책의 내용을 완전히 소화해 오롯이 나의 문장으로 다시 써보라. 저자의 생각을 더듬으며 따라가다 보면, 어느덧 작가처럼 생각하고 있음을 느끼게 될 것이다. 자연히 생각의 폭과 깊이, 표현력도 점점 늘어난다.

하지만 근육은 하루아침에 만들어지지 않는다. 글쓰기도 그렇다. 생각의 근육이 없는 상태에서는 짧은 글쓰기도 버겁기만 하다. 그래도 포기하지 않고 매일 꾸준히 계속해야 한다. 근력 운동을 할 때처럼 말이다.

쓰기는커녕 읽은 내용조차 파악하기 어려운가? 그렇다면 핵심 문장에 밑줄 긋기부터 해보자. 밑줄 그은 부분만 모아 읽어도 무리 없이 책을 이해할 정도가 되어야 한다. 갓 태어난 아기의 눈에 세상은 정신없는 빛 무리로 보일 뿐이다. 점차 눈의 근육이 생겨야 초점을 맞추게 되고, 그런 다음에야 사물 하나하나가 또렷이 보인다. 책 읽기도 마찬가지다. 처음부터 핵심을 콕 짚어내는 사람은 없다. 온 정신을 모아 글의 핵심을 추려내는 연습을 해보라. 그러다 보면 어느 순간 고갱이를 짚어내는 능력을 갖추게 될 것이다.

독서 기록으로 글쓰기 훈련하기

독서 기록에 내 감상과 생각을 담으려 너무 애쓸 필요는 없다. 똑같은 나무를 찍는다고 해보자. 사람마다 사진에 담긴 장면은 제각각이다. 대상이 같아도 찍은 사람의 개성이 그대로 드러난다. 독서 기록도 마찬가지다. 굳이 나만의 생각을 내세우지 않아도, 저자의 의견을 추리고 다시 정리하는 가운데 나의 개성이 은근히 드러난다.

대가의 독특함은 결코 맨땅에서 솟아나는 법이 없다. 어느 작가나 남의 작품을 흉내 내고 베끼며 궁리하는 시기를 지나기 마련이다. 모방만큼 좋은 훈련은 없다. 독서 기록이 바로 그렇다. 작가의 뜻을 짧은 분량으로 정확하게 요약하는 연습을 해보자. 꾸준히 하다 보면 어느새 작가들의 튀는 생각과 맛깔스러운 표현들이 내 것이 되어 있다.

독서 기록은 분량도 중요하다. 너무 짧으면 생각을 오롯이 펼치기 어렵다. 아무리 훌륭한 작품도 100자 남짓으로 줄여놓으면 평범한 내용이 되어버린다. 영화 〈아바타〉나 〈배트맨〉이나 한마디로 소개하면 둘 다 '할리우드 SF'일 뿐이지 않은가. 반면 너무 길면 독서 기록 자체가 버거운 일이 된다. 이제 막 작은 가게를 차린 사람이 하루아침에 대형마트를 제대로 꾸릴 수 있을까? 짧은 글쓰기부터 충분히 연습해야 긴 글도 호흡 가쁘지 않게 쓸 수 있다.

나는 독서 기록을 1800자, A4 한 장 분량으로 써보라고 권하고 싶다. 글쓰기 초보자에게 200자 원고지 아홉 장은 결코 만만하지 않지만 그렇다고 포기할 만큼 힘겨운 분량도 아니다. A4 한 장 분량, 고비마다 '정신의 변비'가 찾아오겠지만 쓰다 보면 어느새 끝이 보인다.

전문 작가에게도 글쓰기는 늘 어려운 일이다. 하지만 하늘 아래 새로운 작업은 없다. 그러니 너무 부담을 느끼지 말길 바란다. 위대한 작품보다 털끝만큼 나은 글을 쓰려고 해도, 나의 글은 수준급이어야 한다. 그 정도로 작가만큼 글을 잘 쓰기는 어렵다. 잘 써야 한다는 압박감을 내려놓고 독서 기록부터 찬찬히 정리해보자. 꾸준히 독서 기록을 남기고 갈무리하는 작업은 '정신의 변비'에 걸린 나의 영혼을 조금씩 위대한 작가의 곁으로 끌어올릴 것이다.

앞에서 소개한, "괜찮은 글 한 페이지를 쓰려면 적어도 100페이지의 독서량이 필요하다"는 다치바나 다카시의 말에 나는 한 마디를 덧붙이고 싶다. "괜찮은 작품 한 편을 쓰려면 적어도 100편의 독서 기록이 필요하다." 생각을 틔우고 좋은 글을 쓰는 데는 결코 왕도가 없다. 노력은 거짓말을 하지 않는다.

독서 멘토들이 들려주는 읽기와 듣기의 노하우

《읽기의 힘, 듣기의 힘》

독서 기록 가이드

글쓰기의 시작은 분량을 나누고 구조를 짜는 데 있습니다. 다음은 다치바나 다카시, 가와이 하야오, 다니카와 슌타로 세 사람이 쓴 책을 읽고 제가 쓴 독서 기록입니다. 세 명의 저자를 소개하는 데 각각 한두 문단이 들어간다면, 그다음 두 문단에 어떤 내용을 담을지 고민하며 읽어보세요.

유행하는 드라마는 한 시대 아이들의 장래 희망을 결정짓곤 한다. 카페 사장이 등장하는 드라마는 바리스타를 선망하는 직업으로 만들었다. 요리사가 주인공인 드라마가 성공하면 요리 학원이 북새통을 이룬다. 그런데 왜 책 좋아하는 사람은 드라마나 영화에서 다루어지지 않을까? 문학청년은 이제 드라마 소재로도 나오지 않는다. 나온다 해도, 책 보는 사람은 고시생이나 물정 모르는 고루한 인물로 그려질 뿐이다.

책 읽는 사회가 되려면 주변에 '독서 모델'이 많아야 한다.

《읽기의 힘, 듣기의 힘》은 그래서 의미심장하다. 책의 저자는 다독多讀으로 유명한 다치바나 다카시, 임상심리학자 가와이 하야오, 시인 다니카와 슌타로 세 사람이다.

그중에서도 다치바나 다카시의 독서론은 특히 가슴을 때린다. 70여 권의 책을 쓴 그는 I/O 비율로 100 대 1을 내세운다. I는 입력input이고, O는 출력output이다. 한 권의 책을 쓰려면 적어도 100권을 읽어야 한다는 의미다. 고개를 끄덕일 만한 충고다. 독서량이 부족하면 글의 깊이가 얕을 수밖에 없다. 좋은 글을 쓰려면 우선 많이 읽어야 한다.

심리학자 가와이 하야오의 듣기 이론은 우리에게 또 다른 깨우침을 준다. "말하면 들어라. 말하지 않아도 들어라." 제대로 듣기 위해서는 "연구자와 예술가, 그리고 승부사의 요소를 두루 갖추어야 한다"고 그는 말한다.

상대가 왜 이런 말을 하는지 부단히 곱씹고 창조적으로 해석할 줄 알아야 한다. 나아가 설득을 위해서라면 상대를 도발할 줄도 알아야 한다. 하야오는 상대가 죽고 싶다고 말해도, 때로는 "그래요?" 하고 심드렁하게 맞받아치고 만단다. 심지어 꾸벅꾸벅 졸기까지 한다. 상대가 핵심을 찌르는 이야기를 피하면, 전문가는 이내 대화가 겉돌고 있음을 알아차린다. 그러니 졸릴 수밖에 없겠다. 상대에게는 제대로 말하라는 강력한 경고인 셈이다. 또한 무심한 듣기는 적극적으로 들을 때만큼이나 상대를 긴장시키고 애타게 만든다. 때로 상담자는 '듣기'도 대화의 한 방법으로 이용할 줄 알아야 한다는 것이다.

다니카와 슌타로의 충고도 흥미롭다. 시인인 그는 '언어가 없는 읽기'를 강조한다. 문자는 편리함을 주지만, 감성의 폭은 줄여놓는다. 예컨대 '산'이라는 문자 탓에 우리는 이 산과 저 산을 똑같이 취급해버린다. 산 하나하나에 담긴 느낌과 감성은 사라지고 만다.

세 명의 독서 대가들은 인터넷 시대의 읽기와 듣기에 대해서도 혜안을 던진다. 인터넷 시대에는 꼭 필요한 내용에만 집중해서 정교하게 읽기란 쉽지 않다. 정보량이 너무 많아서 주의력이 쉽게 흐트러지는 탓이다. 그래서 다카시는 인터넷 시대에는 "빈틈없이 조사하고 찾아내는 일은 그만두고 그저 만남을 가져보라"고 권한다. 정보를 억지로 거르지 말고, 마음이 스스로 필요한 정보로 흘러가도록 기다리라는 뜻이다.

심리학자 슌타로의 생각도 그와 비슷하다. 슌타로는 인터뷰할 때 녹음기만 들고 오는 기자는 돌려보낸다고 한다. 정보는 잊히고 추려지기 마련이다. 자신에게 의미 있는 정보만 기억한다는 뜻이다. 그러니 생각하고 섬세하게 느끼면서 정보들을 자기 문장으로 추려야 한다. 듣기와 읽기는 끊임없이 생각하며 재단하는 과정이다.

청소년에게는 신화가 필요하다. 독재국가에서는 청소년들에게 전쟁 영웅 이야기를 많이 읽힌단다. 전쟁 영웅의 이야기를 읽으면서 자신도 그렇게 되고 싶다는 강렬한 꿈을 갖게 하기 위해서다. 그렇다면 우리에게는 왜 닮고 싶은 '독서 신화'가 없을까?

책 읽는 시민이 많은 나라는 민도民度도 높다. 출판업이 발전한 나라는 문화 역량도 뛰어나다. 우리에게 독서의 매력을 알려줄 이 시대의 독서 멘토는 어디에 있을까? 일본의 대표적인 독서 멘토 세 명의 이야기를 읽으면서, 많이 부러웠고 조금은 부끄러웠다. 우리나라 독서 멘토들이 쓴 '듣기와 읽기의 힘'도 볼 수 있었으면 하는 바람이다.

1부

모든 쓰기는 읽기에서 시작된다

독서 기본기 갖추기

운동선수는 먼저 몸부터 만들어야 한다. 근육을 단단하게 키운다는 뜻이다. 책 읽기도 그래야 한다. 독서도 운동만큼이나 지구력이 필요한 활동이기 때문이다. 매일 훈련을 하며 기량을 키우는 운동선수처럼 독서도 매일 해야 이해력과 집중력이 높아진다. 그런데 뭐든지 꾸준히 하려면 즐겁고 재미있어야 한다. 운동도, 독서도 마찬가지다. 독서의 매력에 제대로 빠져들려면 무엇을 어떻게 해야 할까?

1

가방에 책 세 권을 담아라

독서하는 몸 만들기

독서 몰입을 위한 세 가지 조건

미국에 〈믿거나 말거나Believe it or not!〉라는 TV 프로그램이 있었다. 도무지 있을 법하지 않은 일들을 소개하는 이 프로그램에 대한민국의 교실이 등장했다. 이런 소개 멘트와 함께.

> "한국의 고등학생들은 하루에 열 시간씩 딱딱한 나무의자에 앉아서 공부를 합니다. 믿거나 말거나."

익숙해지면 괴상한 일도 당연해 보인다. 하루 열 시간씩 앉아 있는 게 어디 쉬운 일인가. 그럼에도 우리는 '불가능에 가까운 일'을 손쉽게 해내곤 한다. 몸 만들기는 운동선수만 하는 것이 아니다. 우리는 어릴 때부터 '공부하는 몸'을 만들어왔다. 초등학교 1학년에게는 의자에 엉덩이를 붙이는 것만도 고역이다. 하지만 앉아 있는 시간을 조금씩 늘려가다 보면, 마침내 열 시간도 끄떡없는 경지에 이르게 된다. 학생들이 교실에서 긴 하루를 버틸 수 있는 힘은 십수 년에 걸친 '훈련'에서 나왔다고 하겠다.

책 읽기도 마찬가지 아닐까? 제대로 책에 빠져들려면 '독서하는 몸'을 가꾸어야 한다. 독서하는 몸을 만들려면 어떻게 해야 할까? 심리학자 미하이 칙센트미하이의 《몰입의 즐거움》은 이 물음에 적절한 답을 알려준다.

무엇인가에 몰두하려면 다음 세 가지 기준을 충족해야 한다. 첫째, 무엇을 하려는지 목표가 뚜렷해야 한다. 둘째, 이루려고 하는 바가 나에게 조금 버거워야 한다. 재미와 성취감을 느끼려면 내 능력에 견주어 10퍼센트 정도 더 어려운 과제가 적절하다. 셋째, 내가 이룬 성과를 빠르고 확실하게 확인할 수 있어야 한다.

이 잣대들을 독서에 적용해 보자. 소문난 책벌레들은 서점과 도서관을 제집처럼 자주 드나든다. 축구를 잘하고 싶다면 일단 운동장에 서보라. 그리고 축구공을 만져보자. 별생각이 없더라도 공을 보면 차고 싶어지는 법이다. 독서도 그렇다. 서점이나 도서관에 자주 가다 보면 책장에 가득한 책들을 보기만 해도 독서 입맛이 당긴다. 서가를 훑어보다가 흥미가 당기는 책을 찾으면 '분명한 목표'는 어느새 자라나 있다. 그 책을 끝까지 읽겠다는 '결심' 말이다. 몸을 움직이면 없던 욕구도 꿈틀대기 마련이다. 그러니 머리로만 독서를 고민하지 말고 발을 움직여 서점이나 도서관으로 가야 한다.

책을 고를 때는 자기 수준에 걸맞은 책이 좋다. 윈스턴 처칠의 아버지인 랜돌프 처칠은 아내에게 책을 읽으라며 다그치곤 했다. 그런데 그가 권하는 책의 수준이 문제였다. 아내에게 보라고 한 책은 에드워드 기번의 《로마제국 쇠망사》였다. 어려운 문체로 된 엄청난 분량의 전집, 아내는 책을 본 순간 독서 입맛을 완전히 잃어버렸을 듯싶다.

우리 주변에는 하루 종일 책에 코를 박고 사는 친구들도 많다. 하지만 책도 책 나름이다. 알코올 중독처럼 '나쁜 중독'만 일으키는 책들도 있다. 우리 영혼에 해로움만 끼치는 독서라는 뜻이다. 어떤 책을 읽기에 그럴까? 도끼 자루 썩는 줄 모르게 시간이 흘러가는 책, 그러나 읽고 나면 헛헛함과 후회가 밀려드는 책, 그런데도 자꾸만 집어들게 되는 책을 떠올려보라. 이런 중독은 호환마마보다 무섭고, 빠져나오기도 매우 어렵다. 이 세 가지 조건에 모두 해당하는 책이 있으면 얼른 읽기를 멈추는 것이 좋겠다.

가방 속 고전 한 권, 소설 한 권, 그리고…

그렇다면 어떤 책을 읽어야 할까? 나는 가방 속에 세 권의 책을 넣고 다니라고 말하고 싶다. 한 권은 꼭 '읽어야 하는 고전'이다. 마키아벨리의 《군주론》, 플라톤의 《국가》, 《맹자》나 《장자》 같은 부류다. 이런 책은 영혼을 살찌우는 알찬 내용으로 가득하다. 하지만 고전만 계속 읽으면 뇌가 너무 피곤하다. 사람은 밥만 먹고 살 수는 없는 법, 이럴 때는 뇌를 깨울 만한 맛깔스러운 읽을거리도 필요하다. 지친 영혼에는 재밌는 소설만큼 확실한 영양제가 없다. 기 드 모파상의 《비곗덩어리》, 오 헨리의 《크리스마스 선물》처럼 오랫동안 사랑받아온 고전문학이나, 박민규의 《삼미슈퍼스타즈의 마지막 팬클럽》처럼 잘 짜인 소설들을 챙겨 읽으면 좋겠다.

담백하면서도 너무 무겁지 않은 읽을거리가 아쉬울 때도 있다. 그럴 때는 스토리텔링이 뛰어나거나, 고민을 잘 헤아려 풀어주는 심리학이나 사회학, 역사학, 과학 분야의 책이 제격이다. 나관중의 《삼국지연의》, 김형경의 《천 개의 공감》, 피터 드러커의 《드러커 100년의 철학》, 정재승의 《과학 콘서트》 같은 책을 읽어보자.

책 읽기는 자동차의 기어를 바꾸듯 해야 한다. 상황에 맞게 속도와 수준을 조절해야 한다는 뜻이다. 똑같은 작업을 지루하게 반복하는 '모노톤monotone'만큼 사람을 지치게 하는 것도 없다. 눈이 침침하고 머릿속이 꽉 찼을 때는 가벼운 읽을거리를, 재미 위주로만 읽었다는 후회가 들면 수준 있는 책을 번갈아 읽도록 하자. 가방 속에 들어 있는 다른 주제, 다른 수준의 책 세 권은 읽고 싶은 마음을 끊임없이 샘솟게 한다.

책 읽기가 즐거운 습관이 되려면

마지막으로, 책을 읽고 무엇을 얻었는지를 확실하게 느낄 때 훨씬 더 독서에 대한 흥미가 솟는다. 물론 책 한 권을 끝냈다는 뿌듯함은 그 자체로 즐거운 경험이다. 그러기 위해서는 읽을 책 가운데 몇몇은 200쪽 남짓의 짧은 분량이면 좋겠다. 성취감을 자주 느끼기 위해서다. 주변에 책벌레 친구를 많이 두는 것도 한 방법이다. 사회 촉진 이론social facilitation theory이라는 것이 있다. 밥은 여럿이 같이 먹어야 더 맛있다. 독서도 마찬가지다. 책을 읽고 함께 이야기할 수 있는 친구가 주변에 많으면, 독서는 훨씬 더 즐거워진다. 혼자 뛸 때는 100미터 달리기도 지겹지만, 같이 뛰면 하프 마라톤도 거뜬히 해내는 것이 사람이다.

"수불석권상습학문手不釋券常習學問." 손에서 책을 놓지 말고 항상 학문을 익히라는 말이다. 뛰어난 운동선수는 하루도 훈련을 거르지 않는다. 게을리했다간 애써 만든 근육이 금방 사라지기 때문이다. '독서하는 몸'도 그렇다. 매일 꾸준하게 읽고 또 읽는 일이 중요하다. 내 영혼을 바꾸는 것은 습관이다. 몸에 밴 독서 습관은 내 영혼을 한층 품위 있게 업그레이드해준다.

몰입 경험이 많을수록 행복하다

《몰입의 즐거움》

독서 기록 가이드

학술적이거나 이론적인 글에서는 핵심이 되는 개념부터 독서 기록에 담아보세요. 예컨대 《몰입의 즐거움》에서는 '몰입'이 내용의 중심입니다. 이 중심을 이해하면 주변부 논의는 쉽게 따라갈 수 있어요.

이 책은 심리학으로 분류되지만 철학적 요소가 강하다. 이 책을 이해하기 위해서는 '행복'에 대한 철학적 성찰이 필요하기 때문이다. 사람들이 궁극적으로 바라는 바는 행복이다. 그러나 자신이 행복하다고 생각할 때와 실제로 행복한 상황이 반드시 일치하지는 않는다. 예컨대 개는 잘 먹고 잘 자며 주인의 보호 속에서 사랑을 받고 안전하게 지내면 행복하다. 하지만 누군가가 한평생을 아주 시설 좋은 수용소에 갇혀서 편안하게 '사육'당하며 보낸다고 생각해보라. 이 사람을 과연 행복하다고 할 수 있을까? 게다가 좋은 환경에서 태어나 살아간다 해도 반드시 정신이 건강하리라는 법은 없다. 우울증과 정서 장애는 선진국에도 많다. 칙센트미하이는 그래서 이렇게 묻는다. "인간다운 행복은 과연 무엇인가?"

그에 따르면, 행복은 결국 '몰입flow 경험'이다. 몰입은 적극적으로 온 정신을 쏟아부을 때 도달하는 상태다. 몰입의 순간에는 행복하다는 느낌조차 들지 않는다. 그 순간이 지나고 나서야 비로소 성취에서 오는 행복함을 느끼곤 한다. 반면 약물이나 오락물에 의존하는 수동적 몰입은 재미에 빠져 있던 시간이 끝나면 오히려 헛헛함과 불편함이 밀려온다. 이렇게 볼 때, 바람직한 삶은 '실력을 높이고 가능성을 채워 우리를 성장시키면서 행복을 맛보는 일'이다.

칙센트미하이는 몰입의 조건을 무질서한 정도와 불확실성을 가리키는 엔트로피 개념을 끌어와서 설명한다. 정신의 엔트로피가 높으면 몰입 경험은 일어나지 않는다. 즉 자신이 원하는 것과 해야 하는 것이 일치하지 않을 때, 혹은 명확한 목표가 없을 때 우리는 방향을 잃고 방황한다. 그러나 목표가 명확하고, 정확한 규칙이 있으며, 자신이 한 일의 결과를 곧바로 알게 되는 경우는 몰입에 빠져들기 쉽다. 또한 과제가 자기 능력에 견주어 너무 쉽거나 어려우면 금세 흥미를 잃고 몰입하기 어렵다.

반면 과제의 난이도가 자기 수준보다 조금 높아서 모든 능력을 발휘해야 성취할 수 있을 때, 최고로 몰입하게 된다. 아울러 성취감도 크게 느낀다.

몰입을 위해서는 다른 사람과의 교감도 중요하다. 혼자서 하는 일은 지치기 쉽고 이내 능력의 한계에 부딪히곤 한다. 그래서 자신을 알아주고 새로운 경험을 주고받을 수 있는 사람이 필요하다. 끊임없이 서로 함께할 목표를 찾으려는 자세와 상대를 알아주려는 자세를 갖춘 동료가 필요하다.

몰입은 능동적 활동이다. 주어진 현실에 수동적으로 반응하는 것만으로는 몰입의 상태에 이르지 못한다. 지겨운 일상에서 벗어나기 위해서는 무엇이 일어나고 있고 왜 이렇게 되었는지를 끊임없이 묻고 탐색하는 태도가 필요하다. 많은 사람이 '자유롭지 못하므로 의미가 없는 생업과, 목적이 없으므로 의미가 없는 여가' 사이에서 우울한 나날을 보내고 있다. 그러나 지금까지 살아온 대로 살아가는 관성에서 조금만 벗어나 보라. 지적 흥미를 불러일으키고 몰입할 대상을 발견할 수 있다. 중요한 것은 삶의 매 순간을 적극적으로 탐색하고 해결하려는 마음가짐이다.

마지막 장에서 칙센트미하이는 신新과학적인 진화론까지 끌어들인다. 그에 따르면, 엔트로피는 악이다. 질서를 지키고 공동선, 타인의 입장을 배려하는 것은 선이다. 이렇게 보면, 몰입은 엔트로피와 싸워나가는 선한 행위인 셈이다. 또한 칙센트미하이는 진정한 몰입의 경험은 "인간 정신 진화라는 큰 틀 안에서 일상생활의 의무에 집중할 때 우주의 미래를 엮어나가기 위한 징검다리가 된다"라고 주장한다. 이렇듯 몰입을 설명하기 위해 칙센트미하이는 형이상학적 구조까지 끌어들인다. 책을 읽다 보면 독자의 생각은 진정한 행복을 넘어 좋은 세상이 무엇인지에 대해 사색하게 된다. 삶이 무료하고 무의미하다고 느껴질 때 읽으면 좋은 책이다.

2

매일 읽는 사람이 되려면

독서 습관 들이기

독서와 달리기의 공통점

대한민국 군인들은 새벽마다 아침 구보를 한다. 체력을 단련하는 데는 달리기만 한 게 없다. 군대 시절을 내내 이렇게 보냈다면, 사회에 나가서도 조깅을 하게 되지 않을까? 18개월은 습관이 몸에 배기에 충분한 기간이다.

그런데 제대한 뒤에도 아침 운동이 몸에 밴 사람은 많지 않다. 야간 '자율(!)' 학습도 마찬가지다. 고등학교 3년 동안 휴일도 없이 밤늦게까지 공부했어도, 책 보는 습관이 평생 몸에 붙은 사람은 별로 없다. 왜 그럴까?

심리학자 윌리엄 글래서William Glasser에 따르면 이유는 간단하다. 억지로 시켜서 한 일은 절대 습관으로 굳어지지 않는다. 강제가 사라지면 줄곧 하던 일도 안 하게 되는 까닭이다. 책을 읽고 독서 기록을 남기는 일도 그렇다. 읽고 쓰는 일에는 '지적 지구력'이 필요하다. 은근과 끈기가 있어야 제대로 할 수 있다는 뜻이다. 몇 시간 동안 엉덩이를 붙이고 궁싯거리기가 어디 쉽던가.

읽기와 쓰기는 습관처럼 몸에 배어야 한다. 마라톤 선수는 매일 운동을 통해 조금씩 지구력을 키우고 근육의 무게도 늘려 나간다. 읽기와 쓰기도 그렇다. 긴 호흡의 글을 이해하고 논리에 맞게 글을 쓰기까지는 꾸준한 노력이 필요하다. 어떻게 해야 '읽고 쓰는 습관'이 몸에 배게 할 수 있을까?

유행을 좇는 '레밍형 독서'를 경계하라

윌리엄 글래서는 '긍정적 중독positive addiction'이라는 방법을 일러준다. 담배나 술에 중독되면 좀처럼 헤어나지 못한다. 약물 없이는 단 하루도 버티기 어렵다. 반면 좋은 중독도 있다. 달리기나 공부에 '중독'되었다면 어떨까? 하루라도 운동이나 공부를 하지 않고는 좀이 쑤셔서 견딜 수 없다면?

긍정적 중독이란 좋은 습관이 몸에 완전히 배는 것을 말한다. 대부분의 독서가는 '활자 중독' 상태다. 하루라도 글자를 읽지 않으면 마음이 불안하고 초조해진다. 이들은 허겁지겁 읽으며 정신의 허기를 채운다. 그럴수록 읽는 속도가 빨라지고 독서량도 늘어난다. 자연스레 영혼의 뱃구레가 불어난다.

독서 기록도 다르지 않다. 태어나자마자 벌떡 일어나 걷는 사람은 없다. 수없이 일어서고 쓰러지며 걷기를 익힌다. 마찬가지로 글자를 깨치자마자 긴 호흡의 독서 기록을 술술 쓰는 사람은 없다. 단단한 정신의 근육이 없다면 독서 기록은 어림도 없다.

영혼의 근육을 제대로 기르려면 글쓰기에 '중독'되어 즐기는 수준이 되어야 한다. 하지만 대부분은 이 수준에 이르기 전에 포기해버린다. 술과 담배 같은 부정적 중독negative addiction은 쾌감이 즉시 오지만, 달리기나 좋은 독서, 글쓰기 같은 긍정적 중독은 힘겹고 지겨운 순간을 수없이 이겨내야 즐거움이 찾아드는 까닭이다. 어떻게 해야 독서와 글쓰기에 '긍정적으로' 중독될 수 있을까?

글래서는 이에 관한 기술을 좀 더 구체적으로 들려준다. 먼저, 하루에 한 시간씩 꾸준히 하라. 단, 오직 남을 이기기 위해서 읽기와 쓰기에 매달리지는 말아야 한다. 등수를 놓고 쫓고 쫓기며 하는 공부를 평생 하고 싶은가? 이런 공부는 성적표를 받고 나면 흥미가 떨어지기 마련이다. 상을 타거나 높은 등수를 받기 위해 하는 독서와 글쓰기는 오래가지 못한다. 책을 읽고 쓰는 활동은 그 자체로 즐거워야 한다.

읽은 책이 꾸준히 쌓여가는 모습은 바라보기만 해도 즐겁다. 책에 오롯이 빠져들었을 때 찾아드는 뿌듯한 느낌은 또 어떤가. 마라톤의 참맛은 '러너스 하이runner's high'에 있다. 숨이 차서 죽을 것 같은 순간을 이겨냈을 때 찾아드는 시원하면서도 붕 뜨는 느낌 말이다. 만만치 않은 책을 끝까지 읽어냈을 때의 짜릿함, 끙끙거리며 한 편의 독서 기록을 마침내 써냈을 때의 후련함도 이에 못지않다.

이런 기분을 느끼려면 어떻게 해야 할까? 무엇보다 너무 어려운 책을 골라서는 안 된다. 100미터 달리기도 벅찬데 마라톤을 뛰면 어떻게 되겠는가. 글래서는 '쉽게 할 수 있으며 엄청난 노력을 하지 않아도 되는 과제'를 권한다.

또한 읽고 쓰는 일에 스스로 보람을 느껴야 한다. 작가이자 책 중독자인 톰 라비는 '레밍형 독서'에 빠지지 말라고 충고한다. 레밍은 오스트레일리아에 사는 들쥐인데, 무리를 지어 다니는 습성이 있다. 앞에 있는 쥐가 가면 무조건 따라가는 식이다. 그러다가 절벽을 만나면 모두 떨어져 죽는 일도 번번이 일어난다.

'레밍형 독서'란 아무 생각 없이 유행하는 책을 무작정 읽는 태도를 가리킨다. 이들은 유행하는 웹소설과 톨스토이의 《안나

카레니나》 같은 고전을 가리지 않는다. 무조건 읽기에 매달리는 식이다. 시대 흐름에 뒤처지지 않으려고 허겁지겁 책을 읽고 독서 기록을 남길 뿐이다.

독서에 긍정적으로 중독되려면

윌리엄 글래서는 '자유롭게 결심하고 가치와 보람을 느끼는 활동'을 할 때 긍정적 중독이 일어난다고 말한다. 책을 고르고 독서 기록을 남기기에 앞서, "나에게는 어떤 책이 필요할까?", "독서 기록을 통해서 내가 사람들에게 하고 싶은 말은 무엇인가?"를 끊임없이 물어야 한다.

포도주를 많이 마셔본 사람이 좋은 포도주를 알아보는 법이다. 좋은 욕구도 훈련해야 자라난다. 나에게 필요한 책은 무엇인지, 어떤 독서 기록이 의미 있는지를 알려면 자신이 무엇을 원하는지를 수없이 되묻고 곱씹어보라. 이렇게 단련된 욕구는 독서 의욕과 쓰고 싶은 마음을 이끌어낸다. 이때에만 '긍정적 중독'이 일어날 테다. 진정한 독서가는 아무런 보상이 없어도 책 읽기를 즐긴다. 위대한 작가에게 쓰기는 그 자체로 쾌감을 주는 활동이다. 꾸준히 읽고 독서 노트를 남기는 '습관'의 뿌리는 긍정적 중독에 있다.

독서는 중독될수록 좋은 활동이다

《어느 책 중독자의 고백》

독서 기록 가이드

이 책에 나오는 다양한 독서 중독자들의 모습을 독서 기록 한 장에 모두 담을 수는 없습니다. 어떤 책 중독자의 모습에 주목할지 정한 뒤, 사례를 골라 소개해보았습니다.

1668년, 영국 작가 샘 피프스는 한숨을 내쉬었다. "끝장이다. 눈이 나빠지고 있는데도 책 읽기를 그칠 수 없다." 14개월 후, 그는 완전히 눈이 멀었다. 독서 중독은 마약에 빠진 것만큼 끊기 어렵다. '책 중독자'는 어떤 상황에서도 책을 읽는다.

나폴레옹은 마차 안에 책 선반을 놓았다고 한다. 언제든지 독서를 하기 위해서다. 이 정도는 약과다. 존 웨슬리는 달리는 말 위에서도 책을 읽었다고 한다. 말이 어디로 가고 있는지도 잊어버린 채 독서에 빠져 하루 160킬로미터를 달리기도 했다. 독서광이었던 율리우스 카이사르는 또 어떤가. '한 손에는 책을, 다른 손에는 칼을 들고 헤엄친 적'도 있다고 한다. 목숨만큼이나 책을 소중하게 여겼다는 뜻이다.

현대의 책 중독자들도 마찬가지다. 지하철이건 버스에서건 이들은 책에 빠져든다. 심지어 식당에서도 읽기를 멈추지 않는다. "기다릴 때는 책을, 음식이 나오면 잡지를." 이들에게 어울리는 모토다. 어디 그뿐인가. 책 중독자들은 하나같이 커다란 가방을 메고 다닌다. 이른바 '콰시모도 룩'이다. 콰시모도는 〈노트르담의 꼽추〉의 주인공이다. 책으로 가득한 배낭을 진 모습이 콰시모도처럼 보인다. 이들에게 큰 책가방은 '이동식 서재'와 같다. 언제 어떤 책을 보고 싶을지 모르니 아예 여러 권 싸들고 다니는 것이다.

물론 '가짜 책 중독자'도 적지 않다. 책의 저자인 톰 라비는 '애서가bibliophila'와 '장서가bibliomania'를 구분한다. 애서가는 독서에 빠진 사람이다. 반면 장서가는 책을 모으는 데만 열심이다. 프랑스인 불라르는 장서가의 대표격이다. 그는 무려 80만 권 가까이 책을 사댔다. 그가 죽은 후, 소장한 책을 다시 파는 데만 5년이 걸렸단다. 그의 서재에서 엄청난 양의 도서들이 쏟아져 나오는 바람에 시중의 책값이 떨어질 정도였다. 하지만 정작 불라르는 그 책들을 전혀 읽지 않았다. 이런 사람이 정말 책을 사랑한다고 할 수 있을까?

책을 장식품으로 여긴 사람도 꽤 많았나 보다. 변호사와 의사들이 특히 그랬다고 한다. 이들은 사무실을 서가로 가득 채웠다. 손이 잘 닿지 않는 맨 위의 칸에는 점잖은 색깔로 된 나무책을 대신 꽂아 넣었다. 남에게 보여주기 위해 책을 '전시'했던 셈이다.

톰 라비는 이렇게 말한다. "성경을 읽고 싶다고 해서, 구텐베르크 성경을 찾을 필요는 없다." 책은 수집품이 아니라 읽을거리임을 마음에 새기라는 소리다. 유명한 책 중독자 중에는 책을 험하게 다룬 이들이 많았다. 영국에서 신경학을 개척한 존 잭슨은 소설책을 사면 표지부터 찢어냈다. 그러곤 책을 둘로 쪼개서, 양쪽 호주머니에 하나씩 넣고 다녔다. 부피를 줄이기 위해서다. 미국의 3대 대통령인 토머스 제퍼슨은 멀쩡한 성경책을 쪼개서 자신이 좋아하는 부분만 떼어내 다시 묶곤 했다.

물론 진정한 책벌레는 수집 욕구도 있기 마련이다. 가득 찬 서가만큼 책 중독자를 흐뭇하게 하는 것도 없다. 책을 사들이느라 살림이 쪼들리는 이들도 적지 않다. 독서에 빠져 인간관계가 소홀해지는 자들도 있다. 책 중독도 엄연한 '중독'이다.

그러나 책 중독자들은 책에 대한 집착을 버리려 하지 않는다. 술, 담배, 마약보다는 책 중독이 훨씬 낫지 않을까? 그렇지만 책 중독이 언제나 '긍정적 중독'이 되는 것은 아니다. 불라르처럼 단지 수집 욕구나 과시욕을 채우려고 책에 집착하는 모습은 별로 좋아 보이지 않는다. 어쨌거나 책 중독자들은 점점 '희귀종'이 되고 있다. 인터넷의 시대에 책의 미래를 밝게 보는 사람은 많지 않다. 《어느 책 중독자의 고백》은 점점 잊혀가는 독서의 즐거움을 되새기게 해주는 책이다.

3

겉핥기식 독서를 벗어나는 법

고전 읽기의 기술

고전 읽기는 '정신의 기초체력'을 기르는 일

악보에 음표가 가득하다. 박자도 빠른 데다가 리듬까지 정신이 없다. 어떻게 연주해야 할지 막막하기만 하다. 전문 피아니스트도 난감해할 만한 수준이다. 이럴 때는 어떻게 연습해야 할까?

방법은 딱 하나다. 속도를 최대한 늦추고 손에 익을 때까지 천천히, 정확하게 반복 연주하는 것. 막히는 부분은 더 열심히 또박또박 거듭 연주해야 한다. 억지로 속도를 높이려는 노력은 금물이다. 대충 넘어가려는 나쁜 습관이 생기고 실수만 많아지기 때문이다.

처음부터 빨리 치려고 하지 않아도, 곡에 익숙해지면 연주 속도는 자연스럽게 빨라진다. 마침내 곡이 손에 붙는 수준이 되면 그때 비로소 피아니스트는 자신만의 해석과 색깔을 곡에 입힌다. 유명 피아니스트들의 현란한 연주도 하나같이 이런 과정을 거쳐서 완성된다.

책 읽기도 별반 다르지 않다. 특히 '고전'이란 꼬리표가 달린 책은 어려운 내용이 많다. 플라톤의 《국가》, 에밀 뒤르켐의 《자살론》, 중국의 고전 《논어》 등등. "고전이란 누구나 읽어야 한다고 생각하면서도 아무도 읽지 않는 책이다." 작가 아나톨 프랑스가 했다고도 하고 마크 트웨인이 했다고도 하는 말이다.

하지만 고전은 꼭 넘어야 할 산이다. 고전을 피해가는 독서란 웨이트 트레이닝 없이 공차기만 하는 축구 선수와 같다. 기초 체력이 없으면 축구 실력은 금방 바닥을 드러낸다. 지혜를 키우는 작업도 그러하다. '정신의 기초 체력'이 튼튼해야 창의적이고 기발한 생각도 쑥쑥 나오지 않겠는가. 고전은 '정신의 웨이트 트레이닝'에 더없이 좋은 책이다.

천천히, 정확하게, 거듭해서 읽기

사실 별 볼 일 없는 책일수록 재미없고 안 읽히는 경우가 많다. 괜히 문장을 배배 꼬아놓고 어려운 낱말만 늘어놓는 식이다. 훌륭한 작가일수록 쉬운 문장과 분명한 표현, 명쾌한 논리로 내용을 풀어놓는다. 그러나 정말 수준이 높아서 읽기 어려운 책들도 있다.

예컨대 칸트의 《순수이성비판》은 페이지 전체가 한 문장인 경우도 흔하다. 어디서 끊어 읽어야 할지도 난감하다. 게다가 '표상', '인식', '주체' 등 일상에서 잘 쓰지 않는 단어가 줄줄이 나온다. 하지만 반도체 설계도가 소설처럼 한눈에 들어올 리 없다. 인류 역사에 길이 남는 고전들도 그렇다. 인간 정신의 구조를 뿌리부터 밝히려는 칸트의 작업은 최첨단 반도체를 설계하는 일만큼이나 복잡하고 정교하다.

쓸데없이 어려운 책들 가운데 읽을 가치가 있는 고전을 추려내는 일은 어렵지 않다. 고전은 이미 오랜 세월을 거쳐 가치 있는 책으로 검증받았기 때문이다. 필독도서나 권장도서 목록에는 읽을 만한 고전들이 담뿍 담겨 있다.

고전 한 권을 오롯이 읽어내는 일은 정신의 근육을 기르는 데 큰 도움이 된다. 큰 산을 오르고 나면 동네 뒷산 정도는 우습게 여겨지는 법이다. 고전 독파讀破의 효과도 마찬가지다.

그렇다면 어떻게 고전을 읽어야 할까? 먼저, 빨리 읽겠다는 욕심부터 버려야 한다. 어려운 수학 문제집을 하루에 20~30쪽씩 풀 수는 없다. 엄격한 논증으로 이루어진 고전들도 마찬가지다. 플라톤의 《국가》나 에밀 뒤르켐의 《자살론》을 하루에 100쪽씩 읽어내기란 불가능에 가깝다. 한 페이지라도 제대로 새기고 넘어가겠다는 자세로 야무지게 읽어야 한다. 웨이트 트레이닝에서는 운동 횟수보다 정확한 자세가 중요하다. 영혼의 근육을 기르는 고전 읽기도 마찬가지다.

반복 읽기 역시 무척 중요하다. 옛 선비들은 《논어》, 《맹자》, 《중용》 같은 책들을 읽고 또 읽었다. 심지어 뜻을 모르면 그냥 통째로 외워버렸다. 종교인들은 또 어떤가. 믿음 깊은 기독교 신자들은 성경을 통째로 외우다시피 한다. 불교 신자들도 불경을 완벽하게 외워 염불을 한다. 물론 힘들여 암기하고서도 정작 성경이나 불경의 내용을 잘 이해하지 못하는 이들도 적지 않다. 그렇다고 해서 거듭 읽기와 암기가 쓸모없다고 말할 수 있을까?

고전은 평생에 걸쳐 되새김질해야 할 읽을거리다. 당장은 다가오지 않는 내용도, 반복해서 읽다 보면 언젠가는 이해가 되곤 한다. 오래 끙끙거렸던 수학 문제가 어느 날 갑자기 술술 풀리듯이 말이다. 마음에 오래 담고 생각하며 깊은 뜻을 풀어내는 과정은 지적 능력을 한 뼘 더 키워놓는다. 고전 읽기에서 결과보다 과정이 중요한 이유다.

고전 읽기에 나만의 해석을 담으려면

산은 보는 위치에 따라 모습이 달라진다. 고전 읽기도 마찬가지다. 아무리 깊은 지혜가 담긴 고전이라고 해도, 독자는 자신의 수준만큼만 읽어낼 수 있다. 그뿐인가. 고전은 자기가 처한 현실에 따라 전혀 다른 의미로 다가온다. 예컨대 우리 사회에서 플라톤의 《국가》는 지혜와 교육을 강조하는 고전으로 소개된다. 반면 권력자가 횡포를 부리는 나라에서 《국가》는 독재자를 정당화하는 책으로 비난받는다. 칼 포퍼가 자신의 저서 《열린사회와 그 적들》에서 플라톤을 꽉 막힌 세상을 만든 범인으로 몰고 가듯 말이다.

세상살이에는 정답이 없다. 고전 읽기도 그렇다. 고전을 읽을 때는 자신이 처한 상황과 이해 수준에서 정확하게 내용을 곱씹고 정리하려는 노력이 필요하다. 같은 책이라도 열일곱 살 때 읽었을 때와 마흔 살에 다시 읽었을 때의 감정은 다르다. 눈높이와 이해의 수준이 달라졌기 때문이다. 누구나 나름의 고전 해석을 내놓을 수 있다. 스스로 궁리하고 논리를 가다듬으며 고전을 읽다 보면, 어느덧 '나만의 생각'도 뿌리를 내리게 될 것이다. 나아가 읽은 이의 고민과 관점이 오롯하게 담겨 있는 고전 해석은 독자에게 절절하게 다가간다.

공자가 말한, 옛것을 익혀 새로운 것을 배운다는 온고지신溫

故知新은 시대가 달라져도 바뀌지 않는 진리다. 독서 수준을 키우는 데는 검증된 고전만 한 게 없다.

스터디는
스테디해야 한다

●

《공부》

독서 기록 가이드

석학이 하나의 주제로 책을 쓴 경우, 그 사람이 말하고자 하는 바가 결론에 잘 드러나도록 독서 기록을 써보세요. 이 글의 마지막 단락을 주의해서 읽어보세요.

대한민국은 '공부 공화국'이다. 유치원생부터 학습 경쟁이 치열하다. 치열한 입시 경쟁은 또 어떤가. 대학을 졸업해서도 공부 부담은 끝나지 않는다. 취업을 위해 몇 년씩 내공을 쌓는 일은 예사다. 평생 공부에 시달린 인생은 또다시 자식들을 책상물림으로 몰아넣는다. 공부 못하면 뒤처진다는 두려움과 함께 말이다.

과연 한국인들은 공부를 좋아할까? 공부해서 더 행복해졌을까? 학원가를 맴도는 청춘들에게서는 파릇함이 느껴지지 않는다. 우리에게 공부란 무엇일까? 어떻게 해야 제대로 인생을 꽃

피우는 공부를 하게 될까?

이 책의 저자인 민속학자 김열규 교수는 한국학 분야의 거장으로 손꼽힌다. 그는 2013년에 81세의 나이로 세상을 뜨기 직전까지 활발하게 성과를 내는 현역 학자로 살았다. 평생 학업에 매달린 그가 쏟아놓는 '공부론'에는 학습에 찌든 우리 가슴에 파고드는 무엇이 있다.

그에 따르면, 옛사람들의 공부란 곧 '자신을 닦는 일'이었다. 선비는 몸을 깨끗이 하고 단정하게 책상 앞에 앉았다. 그리고 현명한 이들의 말씀을 읽고 또 읽었다. 그것도 꼿꼿한 자세, 빳빳한 어깨와 등으로 말이다. 도 닦는 수도승의 모습과 다를 바 없다.

왜 그들은 공부를 이토록 진지하게 여겼을까? '고전'을 뜻하는 영어 낱말은 '클래식classic'이다. 클래식은 '1급'이라는 뜻이다. 모범이고 규범이라서 무조건 익히고 따라야 한다는 의미가 담겨 있다. 태권도에서 품새는 묻지도 따지지도 말고 반복해서 익혀야 할 모범이다. 공격하고 막는 동작을 완벽하게 몸에 익히면, 어떤 상황에서도 부드럽게 싸울 수 있다.

고전도 마찬가지다. 고전은 오랜 세월을 거쳐 가치 있다고 인정받은 작품들이다. 부단히 반복하고 새기다 보면, 현자들의 삶과 태도가 독자의 영혼에 심어지게 된다. 그래서 선비들은 마치

성현을 직접 대하듯 책과 마주했다. 그러곤 그들의 말을 수백, 수천 번 거듭해서 마음에 새겼다.

지금은 어떤가? 인터넷과 스마트폰의 시대에 정보는 차고 넘친다. 진득이 활자에 집중하기는 점점 어려워진다. 필요한 지식이 있으면 검색으로 금세 손에 쥘 수 있다. 어렵고 골치가 아픈 내용을 이해해보려고 머리를 싸매지 않아도 된다. 이를 말랑말랑하게 풀어내는 콘텐츠를 찾아보면 그만이기 때문이다. 현대인은 엄청나게 많은 정보를 접한다. 그럼에도 현명해진다는 느낌은 없다. 세상은 '스마트'해지고 있지만 사람들은 산만하고 불안해질 뿐이다.

그렇다면 우리는 어떻게 공부해야 할까? 김열규 교수는 '스터디study'는 '스테디steady'해야 한다고 말한다. '흔들림 없이 침착하고 서두름 없이 착실해야 한다'는 뜻이다. 이 점에서 한 지방 도시에서 전개했던 '1인 1책 쓰기 운동'은 생각거리를 안겨준다. 초등학교 모든 학생에게 1년에 한 권씩 책을 쓰게 하자는 운동이었다. 김열규 교수에 따르면, 이 운동의 이면에는 '내 공부는 내가 즐겨서 한다'는 다짐이 아로새겨져 있다고 한다.

지금까지 공부는 주어진 지식을 그냥 받아들이는 것이었다. 반면 '책 쓰기'는 궁리하는 자세를 요구한다. 뭔가를 만들어내려면 스스로 필요한 내용을 절절하게 찾아 읽고 소화해내야 한다.

게다가 내가 쓰는 내용이 제대로 영글었는지 확인하려면, 배경 지식을 견주고 살펴야 한다. 그러다 보면 '자기 생각'이 확실하게 박힐뿐더러, 자존감도 높아지기 마련이다.

김열규 교수는 자신의 공부론을 이렇게 결론 내린다. "다른 이의 보호 없이는 생존조차 위태로운 존재로 이 세상에 태어나서 하나하나 나의 불완전한 부분을 채워가는 것, 그렇게 자연과 세계와 사물들을 이해하면서 전인全人적인 존재가 되어가는 것." 그의 가르침은 흐릿한 정신으로 스마트폰 화면에 넋을 뺏기는 우리 시대에 큰 울림을 준다.

4

독서의 최고 단계, 독서 기록

독서 기록이 주는 즐거움

즐거움의 네 가지 유형

프랑스의 사회학자이자 문학 평론가인 로제 카유아는 놀이를 네 가지로 나눈다. 첫째는 '아곤'으로, 다투고 경쟁하는 가운데 즐거움을 얻는 놀이를 말한다. 축구, 야구 같은 스포츠가 여기에 해당한다. 둘째는 '알레아'이다. 알레아는 원래 주사위를 뜻하는 말이다. 운에 따라 점수를 따기도, 잃기도 하는 놀이다. 운이 크게 작용하는 카드 게임이 여기에 해당한다. 세 번째는 '미미크리'로, 역할을 따라 하고 흉내 내며 즐거움을 느끼는 부류다. 아이들의 소꿉장난이나 병원놀이 등을 예로 들 수 있다.

마지막으로 '일링크스'가 있다. 이는 무엇에 취하고 빠져드는 놀이다. 정신을 놓을 만큼 춤과 노래에 흠뻑 빠져드는 때가 여기에 해당한다. 술이나 담배, 쾌감을 주는 약물에 중독되는 것도 일링크스다.

사람마다 즐기는 놀이가 다르다. 어떤 사람들은 땀을 흘리며 경쟁하는 아곤을 좋아한다. 도박이 주는 '조이는 맛(?)'에 심장이 뛴다면 알레아를 좇는 사람들일 가능성이 높다. 연예인의 소식을 접하며 '나도 저런 모습이었으면…' 하고 상상의 나래를 펼칠 때의 행복감을 즐기는 이들은 일링크스 유형일 것이다. 따뜻함과 편안함이 좋아서 술자리와 끝없는 수다를 즐기는 사람들도 이 유형에 속한다.

읽는 사람에서 쓰는 사람이 되는 즐거움

책 읽기는 어떨까? 독서에는 이 네 가지 놀이가 모두 담겨 있다. 또한 네 가지 놀이를 단계처럼 거치며 독서량이 점점 많아지기도 한다. 어린 시절, 재밌는 동화는 일링크스를 제대로 느끼게 해준다. 이야기가 너무 재미있어서 책에 코를 박고 시간을 잊어버린 경험은 누구에게나 있으리라.

독서량이 쌓이면 과시욕도 슬슬 자라난다. 책으로 가득 찬 서가는 뿌듯함을 주지만 늘어난 지식은 되레 헛헛함을 안기곤 한다. 새로 알게 되는 지식은 내가 무엇을 모르는지도 일러주는 까닭이다. 그래서 책을 많이 읽을수록 열등감과 조바심도 함께 늘어난다. 다독가들이 부러워지고 그들 앞에서는 괜히 주눅이 든다.

이즈음의 독서는 아곤형 독서다. 남들보다 더 많이 읽는 데 신경을 쓴다는 뜻이다. 어떤 사람은 독서 욕구가 '수집 욕심'으로 바뀌기도 한다. 서가 가득 책을 채우는 데서 만족감을 느끼기 때문에, 새로운 책을 보면 갖고 싶다는 욕망에 불탄다.

독서량이 어느 수준을 넘어서면 경쟁심은 점점 시들해진다. 주변에 자신과 겨룰 만큼 책을 많이 읽는 사람을 찾기도 쉽지 않을뿐더러 듣는 것이 많으면 말하고 싶은 것이 생기기 마련이다. 숱한 이야기와 주장을 들었다면, 어느덧 자기 생각을 누군가에게 펼치고 싶은 바람이 찾아든다. 미미크리에 재미를 느끼는 단계는 이때부터다.

왜 그 SF 작가의 소설은 재미있을까? 어떻게 해야 철학자처럼 무릎을 '탁' 칠 만큼 정교한 논리를 펼칠 수 있을까? 나도 그들처럼 멋들어지게 글을 쓰고 생각을 펼치고 싶다. 이런 욕망에 몸이 달아오른 상태에서는 책을 읽을 때도 생각이 많아진다. 멋진 문구를 노트에 옮겨 적으며 외우기도 한다. 그러면서 '왜' 작가들의 글이 아름답고 가슴 뭉클한지를 계속 곱씹는다. 자기도 모르게 작가들을 흉내 내고 있는 것이다.

독서 기록, 작가로 거듭나는 출발점

독서 기록 쓰기는 이즈음에서부터 '자발적으로' 시작된다. 처음에는 인상적이거나 멋진 문장과 표현을 그대로 옮겨 적는다. 어느 수준이 지나면, 읽은 내용을 자기 문장으로 정리해서 옮겨 적게 될 것이다. 자기 생각과 책에 대한 평가도 자연스레 독서 노트에 담긴다. 제대로 된 '독서 기록'이 태어나는 순간이다.

독서 기록 쓰기는 독자에서 작가로 거듭나는 출발점이다. 책의 내용을 정리하기 위해서는 다음 물음을 스스로에게 던져야 한다.

- 이 책은 무엇을 말하고 있는가?
- 저자는 무슨 근거를 들어 설득을 펼치고 있는가?
- 나는 왜 감동을 받았는가?
- 가장 인상 깊게 다가온 구절은 무엇인가?
- 이 책은 우리 사회에 어떤 의의가 있을까?

독서 기록은 단순한 '축약'이 아니다. 위의 물음에 맞추어 책의 내용을 완전히 뜯어고쳐서 나의 글로 만드는 과정이다. 독서 기록을 거듭 쓰다 보면, 어느덧 독자는 작가에게 필요한 능력을 갖추게 된다. 사실 독서 기록을 쓸 때 던지는 물음은 작가들이 글을 쓸 때 품는 아래의 물음들과 똑같다.

- 나는 이 책에서 무엇을 말하고 싶은가?
- 무슨 근거를 들어야 독자에게 설득력 있게 다가가게 될까?
- 독자는 내 글에서 왜 감동을 받을까?
- 독자에게 가장 인상 깊게 다가갈 구절은 무엇일까?
- 내 책은 사회에 어떤 의의가 있을까?

화가는 습작 과정에서 명작들을 수없이 베낀다. 이때 그들은 단지 손으로만 붓을 놀리고 있지 않다. 머릿속으로 색상과 터치감을 따지고 분석하며 감각을 몸에 익힌다. 독서 노트를 작성하는 일도 마찬가지다. 이는 작가가 되기 위한 미미크리의 과정이기도 하다.

남의 책을 자기 문장으로 정리하면서 생각까지 담아내는 작업은 결코 쉽지 않다. 작가의 논리를 따라가며 조목조목 따져 볼수록, 끈기 있게 글을 읽고 내용에 집중하는 지적 지구력이 늘어난다. 책에서 받은 생각과 느낌을 정확하게 표현하려고 애쓸수록, 글을 쓰는 데 필요한 논리와 표현력도 갖추게 된다.

이런 과정을 거듭하게 되면, 어느덧 나에게도 '내 글을 읽는 독자'가 생기게 될지 모르겠다. 나 역시 그랬다. 이때쯤 되면 책 읽기의 즐거움은 미미크리에서 알레아로 넘어간다. 세상이 내 글을 어떻게 받아들일까? 주사위를 던진 후 어떤 결과가 나올지를 기다릴 때처럼, 마음은 언제나 설렌다. 일링크스를 지나 아곤으로, 미미크리를 거쳐 알레아로. 독서 노트와 함께 하는 책 읽기는 독서의 즐거움을 한층 높인다.

공부는 몸과 마음을 닦는 일이다

《선인들의 공부법》

독서 기록 가이드

독서 기록을 쓰기 전에 '이 책의 결론이 무엇일까?'부터 물어보세요. 그리고 독서 기록을 읽으면서 이 물음에 대한 답을 찾아보세요. 읽다 보면 이 물음에 대한 답이 자연스레 떠오르는 글이 잘 쓴 독서 기록입니다.

공부 잘하는 사람은 생활 태도부터 다르다. 걸음걸이는 경망스럽지 않다. 손동작도 늘 공손하고 다소곳하다. 눈매가 고와서 흘기거나 곁눈질하지 않는다. 입은 말하거나 식사를 할 때가 아니면 다물고 있다. 말소리는 조용하고 안정되어 있다. 머리는 곧게 솟아 있으며 기우뚱하지 않는다. 숨소리도 씩씩거림 없이 가지런하다. 얼굴빛 또한 위엄이 있으며 게으른 기색이 없다. 율곡 이이 선생이 말하는 공부하는 사람의 아홉 가지 태도, 구용九容이다.

하지만 우리의 모습은 어떤가? 도서관에 앉아 있는 사람들의 복장을 보면 운동을 하는 이들과 별반 다르지 않다. 편한 티셔츠에 무릎 나온 편한 바지 차림이 대부분이다. 그렇다고 문제될 게 뭐 있겠는가? 공부나 독서에 집중할 수만 있다면 자세나 태도는 별로 개의치 않는 분위기다.

우리 조상들은 그렇게 생각하지 않았다. 공부는 지식을 쌓는 일만은 아니었다. 선비들은 독서를 통해 몸과 마음을 다독이며 인격을 수양했다. 학자가 인격자로 대접받았던 까닭은 여기에 있다.

공부를 하다 보면 딴생각이 밀려들곤 한다. 놀자며 바람 잡는 '나쁜 친구(?)'들의 유혹도 끊이지 않는다. 이럴 때는 어떻게 마음을 다잡아야 할까? 율곡 선생은 수나라 학자 문중자文中子의 말을 대신 들려준다. "자신의 몸가짐을 닦는 노력이 가장 좋다." 그래도 안 된다면 어떻게 할까? 문중자는 간단하게 잘라 말한다. "변명하지 마라." 공부의 기본은 스스로 마음을 다스리는 것이다. 이를 해내지 못한다면 책에도 제대로 집중하지 못할 테다.

실학자 홍대용의 학습법은 한발 더 나아간다. "글을 허투루 읽는 자에게는 의문이 들 까닭이 없다. 깊이 뜻을 따져 읽지 않았으니 물음도 당연히 생겨날 리 없다. 의심이 없는 데서 의심이 생기고, 재미가 없는 데서 재미가 생겨나야 비로소 제대로 글을 읽었다 하겠다." 나아가 그는 '남의 마음을 헤아리는' 마음으로 책을 곱씹어보라고 충고한다. 반성하고 생각하고 가르침을 되새기라는 뜻이다.

이에 견주면, 성리학자 서경덕의 공부법은 색다르다. 그는 책을 보기 전에 먼저 깊이 생각부터 했다. 예컨대 하늘이 궁금하면 그는 벽에 '천天' 자를 크게 써 붙였다. 그러곤 하늘에 대해 며칠씩 깊이 생각했다. 충분히 고민했다고 여겨지면, 그제야 하늘에 관한 책을 읽었다. 스스로 연구하여 깨달음을 얻는 발견학습을 한 후, 자신의 생각을 독서로 검증받는 식이었다.

이황은 학문하는 자세를 거울 닦는 일에 빗대었다. 마음 다스리기를 조금만 게을리해도 우리의 정신은 먼지 낀 거울처럼 되어버린다. 이황의 설명에 따르면 "마음에 스는 좀을 없애고 악의 뿌리를 뽑으려면 학문의 힘에 기대지 않을 수 없다."

마음을 닦는 공부는 생활습관과 동떨어져 있지 않다. 우리 조상들은 몸과 마음이 서로 이어져 있다고 믿었다. 그리고 사람은 우주와 맞닿아 있다. 올곧게 일상을 산다면, 질서 정연하게 움직이는 우주처럼 안정된 마음을 유지할 수 있으리라. 그래서 선비들은 몸으로 얻는 깨달음, 즉 체득體得을 중요하게 여겼다.

"음식을 거저 주어 버릇하면 꿩이나 곰발바닥 요리도 평범한 음식으로 여긴다." 정약용의 말이다. 직접 꿩을 잡고 곰 사냥을

해보았다면, 이것이 얼마나 귀한 요리인지 깨닫게 된다. 우리에게 공부도 그렇다. 배움의 기회가 곳곳에서 쏟아지는 시대다. 학생들은 입맛에 맞게 요리된 지식을 골라 배운다. 이렇게 공부한 학생들이 과연 인격자로 거듭날 수 있을까? 고학력자가 넘쳐나는 시대임에도 사회 분위기는 점점 강퍅해지고 있다. 옛 성인들의 공부법이 아쉬운 요즘이다.

2부

글을 쓰기 전에 알아둬야 할 기술

글감을 찾는 법

집을 지으려면 자재부터 마련해야 한다. 글을 쓰는 작업도 다르지 않다. 책을 열심히 읽었어도, 생각이 뒤죽박죽일 때는 읽은 내용을 글로 엮어내기 어렵다. 글의 '재료'가 되는 쓸 거리들부터 정리해야 한다. 독서 기록을 위한 아이디어를 차곡차곡 마련하려면 어떻게 해야 할까?

1

내 호흡에 맞게 읽고 쓰는 법

독서 플랜 짜기

꾸준한 독서 기록의 힘

벤저민 프랭클린은 독서광이었다. 가난한 인쇄공이었던 열여섯 살 무렵, 그는 〈스펙테이터Spectator〉라는 잡지를 접했다. 늘 돈이 궁했기 때문에 같은 잡지를 읽고 또 읽었다.

좋은 구절을 보면 외워버렸다. 나중에는 외운 내용을 자기 문장으로 옮겨서 노트에 적곤 했다. 암기하기 어려운 문장은 리듬이 있는 시로 바꿔서 옮기기도 했다. 노트에는 이를 다시 평서문으로 풀어내곤 했다. 일요일에는 종일 인쇄소에서 독서 기록을 정리하며 시간을 보냈다. 출근 전과 퇴근 이후에도 마찬가지였다. 그는 이런 '취미'를 꾸준히 유지했다.

화가가 하늘색을 제대로 표현하는 데는 3년이 걸린다고 한다. 오랜 세월 남의 그림을 베끼면서 궁싯거려야 비로소 제 색깔을 낼 수 있다. 글쓰기도 마찬가지다. 예비 작가 역시 남의 글을 흉내 내며 스타일을 연구하는 기간을 거치기 마련이다. 프랭클린에게 어린 시절의 '독서 기록'은 위대한 작가가 되기 위한 습작 과정이었던 셈이다.

쓰기는 읽기보다 훨씬 어렵다. 축구 경기를 많이 봤다고 해서 운동장에서 공을 잘 차게 되지는 않는다. 작문 실력을 키우는 일은 신체 근육을 늘리는 훈련과 비슷하다. 독서량이 많다고 해서 꼭 글을 잘 쓰는 것은 아니라는 의미다.

책을 많이 읽는 사람에게 독서 기록은 훌륭한 글쓰기 연습이 되곤 한다. 독서 기록은 그 자체로 한 편의 글이 되기 때문이다. 하지만 글쓰기 연습은 녹록하지 않다. 집중력뿐 아니라 엄청난 지적 지구력을 요구하기 때문이다. 포기하고 싶은 마음이 굴뚝같을 것이다. 이럴 때 스스로를 다잡으려면 어떻게 해야 할까?

실현 가능한 독서 플랜 짜기

프랭클린은 계획을 꼼꼼하게 짜는 사람으로 유명했다. 중년에는 평소 꼭 지켜야 할 열세 가지 도덕을 꼽았다. 그러곤 수첩의 각 페이지마다 표를 그렸다. 가로 칸에는 월요일부터 일요일까지 일곱 개의 요일을, 세로 칸에는 절제, 침묵, 규율, 결단, 절약, 근면, 정직, 정의, 중용, 청결, 평정, 순결, 겸손이라는 열세 개 덕목을 나열했다. 그러고는 매일 자신이 지키지 못한 항목에 점을 찍었다. 이렇게 수첩을 활용해 그는 죽을 때까지 자신의 도덕성을 하루하루 점검하며 살았다.

그의 철저함은 독서에서도 다르지 않았을 듯싶다. 《프랭클린 자서전》에는 그가 책을 규칙적으로 읽고 토론했다는 이야기가 나온다. 이처럼 은근과 끈기가 필요한 일에는 철저한 계획과 관리가 있어야 하는 법이다.

꾸준히 책을 읽고 기록을 남기려면 어떻게 해야 할까? 매일 매일 읽은 분량을 기록하고, '내용', '느낀 점', '생각할 거리', '더 읽고 싶은 책' 등을 적는 독서 점검표를 만들면 어떨까? 다양한 독서 노트가 이미 시중에 나와 있다. 하나 구입하는 것도 괜찮지만, 자기만의 독서 노트를 만드는 방법도 있다.

독서 플랜도 도움이 될 듯싶다. 출판 평론가 표정훈은 대학 시절, 도서관에서 자기만의 서가를 구획 지었다고 한다. 그러고는 기간을 정해 한 구역씩 그곳에 있는 책을 모두 읽어나갔다고 한다. 무지막지하게 야심찬 '독서 계획(?)'이라 하겠다.

이 정도까지는 아니더라도, 누구나 자신에게 걸맞은 독서 플랜을 짤 수 있다. 먼저, 읽고 싶은 책을 추린다. 그리고 독서에 쓸 수 있는 시간을 계산해본다. 무슨 책을 언제까지 몇 페이지씩 진도를 나갈지를 계획표에 적는다. 이렇게 하면 누구에게나 '실현 가능한' 독서 플랜이 된다.

꾸준히 즐겁게 매달 네 권을 읽으려면

도서 평론가 이권우는 '읽다'라는 동사는 명령법이 먹히지 않는다고 잘라 말한다. 즐거움도 없이 억지로 읽기에 매달리기는 쉽지 않다는 의미다. 출판 평론가 이중한도 '아스피린적 읽기'를 경계한다. 아스피린적 읽기란 입시 등에 필요한 독서 경력을 쌓기 위한 읽기를 말한다. 짧은 기간 안에 허겁지겁 읽어야 하는 독서가 즐거울 리 없다. '스펙'이 될 만큼 책을 읽고 나면 이내 책에 정이 떨어지고 만다. 제대로 독서에 맛을 들이려면 '비타민적 읽기'를 해야 한다. 이는 지적 체력을 기른다는 기분으로 즐겁게 꾸준히 하는 독서를 말한다.

어떻게 해야 비타민적 독서를 할 수 있을까? 나는 독서 플랜에 항상 책 네 권을 포함시키라고 권하고 싶다. 한 권은 가볍게 읽을 수 있는 재밌는 책이다. 화장실에서, 지하철에서 손쉽게 꺼내 들 만한 책이면 좋겠다.

묵직한 고전은 긴 호흡으로 읽도록 계획을 잡는다. 예컨대 《불편한 편의점》이나 《아내가 결혼했다》 같은 소설을 일주일에 한 권씩 보기로 마음먹었다고 해보자. 이와 동시에 마키아벨리의 《군주론》을 한 달 동안 읽는다고 계획을 짠다. 한 달에 소설 네 권과 고전 한 권을 동시에 읽어나가는 셈이다.

주간지나 월간지도 짬을 내서 보면 좋겠다. 잡지는 다른 독서를 즐겁게 하는 양념과도 같다. 처음부터 끝까지 독파해야 하는 잡지는 별로 없다. 책 읽기가 지겨울 때, 특별히 끌리는 읽을거리가 없을 때, 잡지는 독서 입맛을 산뜻하게 살려낸다.

마지막 한 권은 '신간'이다. 서점과 도서관을 멀리해서는 잘 짜인 독서 플랜도 별 소용이 없다. 외식이 잃어버린 식욕을 되찾아주듯이 새 책 구경은 독서 욕구를 거듭 일깨운다. 계획대로 책을 읽어나가되, 한편으로는 신간을 뒤적이면서 새로운 독서 플랜을 세워나가는 식이다.

요령 없이 역기만 들어올리는 웨이트 트레이닝은 근육을 망친다. 마찬가지로 영혼을 키우는 독서를 하려면 체계적인 계획과 자기관리가 필요하다. 읽기와 쓰기는 같이 가는 활동이다. 독서량과 작문 실력을 늘리고 싶다면, 벤저민 프랭클린의 꼼꼼한 독서 노트와 자기관리에서 가르침을 얻을 일이다.

계획하는 습관이 좋은 삶을 만든다

《프랭클린 자서전》

독서 기록 가이드

'위인'을 소개할 때는 그 사람의 덕목을 한마디로 정리해보세요. 자신이 생각한 위인의 좋은 점이 독자의 마음에도 고스란히 새겨져야 좋은 글입니다.

성실하게 살았던 한 남자가 있었다. 중년에 이르러 '도덕적으로 완벽해지고자' 결심한 그는 자신이 갖추어야 할 덕목 열세 가지를 정했다. 절제, 침묵, 규율, 결단, 절약, 근면, 정직, 정의, 중용, 청결, 평정, 순결, 겸손.

그는 작은 수첩을 만들어 매일 자기 행동을 점검했다. 각 페이지에는 월요일부터 일요일까지를 나타내는 일곱 칸을 만들었다. 아래로는 자신이 중요하게 여기는 열세 가지 덕목을 나열했다. 이렇게 만들어진 표에 매일 자신이 지키지 못한 덕목을 점으로 찍어놓았다.

이렇게 수첩에 적는 일을 평생 이어갔다. 그는 결코 '도덕적으로 완벽한' 사람은 아니었다. 하지만 남들보다는 훨씬 훌륭한 사람이 되었다. 이처럼 치밀하고 끈기 있는 사람은 과연 누구일까? '미국 건국의 아버지'라 불리는 벤저민 프랭클린이다.

그는 뛰어난 인쇄공이었고 신문 발행인이었으며, 전기의 원리를 발견한 과학자이자 뛰어난 정치인, 외교관이었다. 심지어 군 지휘관의 역할도 멋지게 해냈다. 모든 분야에서 교양 있고 능력 있는 '르네상스형 인간'이었던 셈이다.

어떻게 그는 이토록 엄청난 능력을 갖출 수 있었을까? 가세가 기울면서 열 살에 학교를 그만두어야 했던 프랭클린은 글을 좋아한다는 이유로 인쇄공으로 일하던 형에게 보내졌다. 이것이 프랭클린에게는 행운이었다. 활자를 다루면서 좋아하는 책을 마음껏 읽을 수 있었기 때문이다. 결국 그를 만든 것은 엄청난 양의 독서였다.

어린 프랭클린은 자기만의 독서법을 스스로 만들어갔다. 돈이 없었기 때문에 책을 사면 몇 번이고 다시 읽었다. 훌륭한 문구가 있으면 짤막하게 발췌해서 머릿속으로 외웠다. 그러고는 책을 보지 않고 그 문구를 자기 문장으로 적어보았다. 이런 식으로 그는 책 내용을 정확하게 이해한 다음 자기 문장으로 표현하는 법을 연습했다.

프랭클린은 뛰어난 토론자였는데, 이 또한 독학으로 익혔다. 당시 미국인들은 대부분 종교의 자유를 찾아 영국을 떠나온 사람들이었다. 당연히 그들 사이에는 종교 논쟁이 많을 수밖에 없었다. 프랭클린은 목소리만 높여서는 상대를 이기지 못한다는 것을 알았다. '반드시', '의심할 바 없이'라는 날카로운 표현으로 상대를 윽박질러도 안 된다. 당장 논쟁에서는 이길지 몰라도, 상대방에게 상처를 줌으로써 적을 만드는 결과를 가져올 수 있기 때문이다. 그는 한 시인의 말을 마음에 새겼다. "가르치지 않은 것처럼 가르쳐야 하고, 상대가 모르는 일은 잊혔던 일처럼 말해야 한다. (…) 확신이 있더라도 겉으로는 망설이는 척하면서 말해야 한다." 더구나 "겸손하지 못한 것은 분별력이 부족하기 때문이다." 설득력은 상대방을 승자의 위치에 올려놓는 배려에서 나온다.

현명한 프랭클린은 절제할 줄도 알았다. 스무 살이 안 되어 독립한 그는 채식주의를 택했다. 고기를 안 먹으니 식비를 절약할 수 있었다. 식단이 간소하니 식사 시간은 더 여유로웠다. 그렇게 생긴 여유 시간에 프랭클린은 책을 읽고 자신을 가다듬었다.

《프랭클린 자서전》에는 이렇듯 치열했던 프랭클린의 삶이 오롯이 담겨 있다. '미국에서 성경 다음으로 많이 읽힌 책'이 바로 그의 자서전이다. 밑바닥에서부터 오직 노력만으로 성공을 거

머쥔 프랭클린의 삶은 진정한 '아메리칸 드림'의 정신을 여실히 보여준다.

누구에게나 삶은 신산스럽고 내게 주어진 조건은 언제나 불리하게 느껴진다. 많은 이민자들이 술로 자신의 처지를 달래는 동안, 벤저민 프랭클린은 투지를 불태우며 자신의 현실을 이겨냈다. 치열한 생존 경쟁의 시대, 프랭클린의 삶은 우리에게 어떻게 살아야 할지에 대한 영감을 준다.

2

밑줄 긋기의 기술

독서 흔적 남기기

'독서 고수'는 흔적도 제대로 남긴다

옛날 어느 선비는 빌려준 책을 돌려받을 때 책에 보풀이 일었는지, 책장에 손때가 묻었는지를 꼭 확인했다고 한다. 아무 흔적도 없으면 선비는 다시 책을 빌려주었다. 빌린 사람은 책을 제대로 읽으라는 핀잔도 함께 들어야 했다. 소설가 안소영이 쓴《책만 보는 바보》에 나오는 실학자 이덕무가 들려주는 이야기다.

제대로 읽었다면 책에 흔적이 남기 마련이다. '독서 고수'들은 흔적도 제대로 남긴다. 책을 빌렸거나 헌책방에서 책장을 들춰보는 경우를 예로 들어보자. 누군가 책에 그어놓은 밑줄이

고마울 때가 있다. 핵심 내용을 제대로 짚어줄 뿐 아니라 중요한 낱말에 형광펜으로 강조까지 해놓았다면 더더욱 그렇다. 과제를 위해 어려운 책을 읽어야 할 때 이런 흔적을 만났다면, 책에다 넙죽 절하고픈 생각이 들지도 모르겠다.

사실 독서 기록을 쓰려면 책에다 꼼꼼하게 흔적을 남겨야 한다. 독서 기록을 적기 위해 생각을 모아보라. 책 내용이 잘 떠오르지 않거나 책을 읽을 때는 이해했지만 기억이 가물가물할 때, 책 곳곳에 남긴 밑줄과 메모는 큰 힘이 된다. 책을 다시 훑고 기억을 되살리는 시간을 크게 줄여주기 때문이다.

'밑줄 내공'을 쌓는 법

하지만 책에 흔적을 '제대로' 남기는 일은 쉽지 않다. 중요한 부분에, 필요한 만큼만 밑줄을 긋고 메모를 남기는 수준이 되기까지는 숱한 훈련과 시행착오를 거쳐야 한다. 초보자라면 다음의 방법부터 써보는 것이 좋겠다.

활자가 뇌에 착 붙지 않는가? 책만 보고 있으면 5분도 안 되어 엉덩이가 들썩이는가? 이럴 때 책은 졸음과 딴생각만 불러올 뿐이다. 눈은 활자를 보고 있지만 마음은 먼 곳에 가 있다. 이럴 때는 연필로 밑줄을 그으며 소리 내어 읽는 것이 좋다.

책이 무슨 소리를 하는지에 정신을 모아보자. 그러면 읽는 목소리는 '가다 서다'를 반복하게 된다. 이해가 안 되는 부분에서는 행을 따라가던 연필도 멈춘다. 이때는 같은 문장을 몇 번씩 되풀이해서 읽게 된다. 머릿속으로 내용을 열심히 되씹고 있다는 신호다. 책에 빨려들 만큼 재미있는 부분에서는? 목소리가 점점 잦아든다. 그러다가 어느덧 눈으로만 책을 읽는 묵독 상태에 접어든다. 다음 내용이 궁금해서 빠른 속도로 눈으로만 내용을 훑게 되기 때문이다. 입은 눈을 따라잡지 못한다.

이렇게 손과 입, 눈으로 책을 읽다 보면 어느덧 책은 밑줄로 가득하게 된다. 책 곳곳에는 느낌표와 별표, 물음표들이 잔뜩 자리 잡는다. 멋진 장면을 보면 '아!' 하고 탄성이 터지듯, 인상 깊은 구절에는 손으로 환호성을 남기게 되는 까닭이다. 그러니 밑줄 친 내용 옆에 미처 몰랐던 사실을 알게 되었을 때는 느낌표를, 가슴 먹먹한 문장에는 별표를, 의미가 알쏭달쏭하거나 더 알고 싶은 내용에는 물음표를 달아보자. 이렇게 하면 나중에 책을 다시 보며 기억을 되새길 때도 큰 도움이 된다.

책에 흔적이 가득할수록 책의 내용이 나의 영혼에 깊이 새겨진다. 독서 기록을 적을 때도 밑줄이 유독 진하게 쳐진 곳, 느낌표와 별표, 물음표가 가득한 곳을 찾아 읽으면 되겠다. 이런 부분에는 책의 핵심이 오롯이 담겨 있기 마련이다.

독서 흔적들로 빽빽한 책이 늘어날수록, '밑줄 내공'도 함께 쌓여간다. 모르는 사람이 내가 밑줄 친 부분만 읽어도 책 전체를 이해할 수 있는가? 그러면 그대는 독서 고수라 불려도 손색이 없다.

독서 흔적을 완성하는 리라이팅

독서 지도 전문가인 허병두 선생은 '세 가지 주문의 독서법'을 강조한다. 책을 읽을 때, '왜냐하면', '다시 말해', '예를 들어' 같은 말을 주문처럼 계속 반복하라는 뜻이다. 이해가 잘 안 되면 '왜냐하면'을 던져보라. 나의 뇌는 논리적인 이유를 찾으며 이해하려고 노력하게 된다. '다시 말해'를 떠올리면 나의 뇌는 좀 더 뜻이 분명해지도록 내용을 곱씹게 된다.

'예를 들어'도 마찬가지다. 이 말은 추상적인 내용을 풀어주는 구체적인 사례를 찾아내게 만든다. 뜬구름 잡는 설명이라도, 눈으로 보고 손으로 만질 수 있는 사례를 만나면 쉽게 이해가 되는 법이다.

'왜냐하면', '다시 말해', '예를 들어'를 거듭하며 책의 내용을 정리해보라. 이러다 보면 어느덧 책을 리라이팅rewriting하고 있는 자신을 발견하게 된다. 나의 말투로 책을 다시 쓰고 있다는 뜻이다. 이 자체만으로도 글의 70퍼센트는 완성된 셈이다. 독서 기록의 역할 중 하나가 책의 내용을 잘 정리해서 전달하는 것 아니던가.

여기서 더 나아가면 저자와 대화를 나누는 경지에 다다르게 된다. 책을 읽다 보면 누구나 '삐딱선'을 타기 마련이다. 저자의 주장이 항상 내 마음에 들 리 없다. 설명과 해설이 영 마뜩하지 않을 때도 있다. 연필을 들고 책을 읽는 데 익숙하다면, 어느새 책의 여백에 내 생각을 적고 있는 자신의 모습을 발견하게 된다. "~라는 주장은 말이 안 되지 않는가? 저자는 ○○의 생각을 알고 있을까?" 등등.

독서 전문가 모티머 J. 애들러는 책의 맨 앞과 맨 뒤에 있는 빈 페이지를 요긴하게 활용하라고 충고한다. 먼저 이해한 꼭지나 각 장章의 핵심 내용을 옮겨 적는다. 읽다가 떠오른 질문과 생각도 적어놓는다. 이렇게 남긴 메모는 독서 기록의 기초 재료가 된다.

화가는 작품을 그리기에 앞서 숱하게 밑그림을 그린다. 기자는 사건을 모으고 추려내고 또 모으기를 반복한다. 독서 기록을 남기는 일도 비슷하다. 훌륭한 서평가는 책의 고갱이를 확실하게 짚어준다. 책에 대해 적절한 비판을 던질뿐더러, 더 깊이 생각할 거리를 이끌어내기도 한다.

하지만 이런 능력은 하루아침에 길러지지 않는다. 수없이 밑줄 긋고, 문구를 중얼대며 궁싯거리는 시간이 차곡차곡 쌓여야 한다. 그러다 보면 독서 흔적은 어느덧 리라이팅으로, 리라이팅은 나의 생각을 담은 한 편의 독서 기록으로 발전하게 된다. 공들이지 않고 이루어지는 일은 없다. 독서 기록도 그렇다.

디지털 네이티브에게는 다중문해력이 중요하다

《유튜브는 책을 집어삼킬 것인가》

독서 기록 가이드

책 제목이 질문형일 때는 그 질문에 대한 답이 드러나도록 독서 기록의 방향을 잡아보세요. 과연 유튜브는 책을 집어삼킬까요?

요새 학생들, 책 잘 안 읽는다. 시험공부 할 때만 인쇄된 글자를 볼 뿐이다. 지식 대부분을 유튜브나 인터넷에서 얻는다. “검색하면 다 나오는데 뭐 하러 책을 봐요?” 아이들이 늘 내뱉는 불만이다. 바야흐로 ‘읽고 쓰는 시대’는 저물고 ‘보고 찍는 문화’가 대세인 듯싶다. 이런 상황에서 과연 책은, 독서는 살아남을 수 있을까?

이 물음에 저자인 김성우, 엄기호는 제대로 읽는 능력은 여전히 중요하다고 잘라 말한다. 계산기를 예로 들어보자. 아무리 자판을 두드리며 계산을 해도 사칙연산 능력은 늘지 않는다. 주산은 어떨까? 주판을 오래 한 사람은 계산 능력이 몸에 배어 있다. 검색과 독서의 차이도 이와 비슷하다. 검색과 달리 책을 통해서는 원하는 정보를 즉각 얻지 못한다. 자료를 비교하고 판단하며 추론하고 이해하는 과정을 거쳐야 비로소 바라던 지식을 손에 쥐게 된다. 하지만 이런 절차 자체가 지혜를 쌓는 과정이다. 단순히 검색만 해서는 이런 혜안을 갖추기 어렵다.

게다가 글은 호흡이 긴, 깊은 생각을 이끈다. 영상이 주는 정보량은 텍스트에 비해 적다. 신문 기사와 방송 뉴스의 차이를 떠올려보라. 또한 말로만 할 때는 긴 논증을 펼치기 어렵다. 앞에서 다룬 내용을 머릿속에 계속 담아두기 어렵기 때문이다. 반면 글로는 여러 자료를 복잡하게 그물처럼 엮으면서 논리를 펼칠 수 있다. 읽는 사람이 글을 위아래로 훑으며 내용을 따라가기 때문이다. 이러한 글의 장점은 영상이 대신할 수 없다. 저자들이 유튜브가 책을 집어삼키지 못한다고 확신하는 이유다.

하지만 글은 진입장벽이 높다는 점도 놓쳐서는 안 된다. 특별히 배우지 않아도 우리 뇌는 영상에 그냥 빠져든다. 그러나 글을 제대로 읽고 이해하기 위해서는 교육을 받아야 한다. 그래서 텍스트에 대한 문해력은 '바벨탑'이 되곤 한다. 배운 사람과 못 배운 사람의 차이를 크게 만들고, 서로 간의 소통을 어렵게 만들어 갈등을 키운다는 뜻이다. 따라서 저자들은 교육은 '바벨탑'

이 아닌, 문해력을 길러주는 '다리'로서의 역할에 초점을 맞춰야 한다고 강조한다. 그렇다면 사람들을 이어주는 다리가 되는 문해력을 어떻게 가르칠 수 있을까?

먼저, 앞으로의 문해력은 멀티리터러시multiliteracies, 즉 다중문해력임을 놓쳐서는 안 된다. 이해의 범위에는 소리와 이미지, 공간과 제스처 등이 모두 포함된다. 텍스트를 읽고 쓰는 능력은 다중문해력의 일부일 뿐이지 더 중요한 능력은 아니다. 따라서 학교 수업은 주어진 교재를 읽고 이해하고 쓰고 토론하는 수준에서 그쳐서는 안 된다. 학생들이 영상과 SNS의 조각 글 속에서도 제대로 된 정보를 골라내고 올곧게 판단하도록 가르쳐야 한다.

이는 요즘 청소년들에게 가장 필요한 부분이기도 하다. 배움은 나와 다른 견해에도 귀 기울이고 자신의 믿음이 틀렸음을 깨달을 때 이루어지곤 한다. 하지만 인터넷에서는 끼리끼리 문화가 판을 친다. 자신과 다른 생각은 아예 보이지 않게끔 내칠 수 있으며, 합리적인 의견보다 감정적인 자극이 더 호소력을 발휘한다. 주장과 생각이 빠르고 격하게 꿈틀거리는 인터넷과 동영상의 세계에서는 이성이 작동할 만큼 지적 호흡이 길지 않은 탓이다. 이쯤 되면 학교에서 영상 등 디지털 매체를 다루고 이해하기 위한 다중문해력을 제대로 교육해야 하는 이유가 절절히 다가올 듯싶다.

마지막으로, 저자들은 '디지털 네이티브'들이 나중에 사회의 중심 세력이 되었을 때, 문해력을 과연 무엇이라 여길지도 고민해보라고 조언한다. 사회학자인 엄기호는 "리터러시를 문제 삼는 사람들의 리터러시를 문제 삼아야 한다"라고 경고한다. 옛날 사대부들은 한문을 읽고 쓰는 능력을 권력의 근거로 삼았다. '글을 읽고 쓸 줄 아는 능력'을 더 나은 인간의 상징으로 여기는 기성세대의 믿음은 어떨까? 한문에 매달리던 옛 선비들만큼이나 '꼰대스러운' 신념은 아닐까? 이래저래 《유튜브는 책을 집어삼킬 것인가》는 생각이 많아지게 하는 책이다.

3

짬짬이 읽어도 깊이 읽을 수 있다

조각 독서

다작하는 작가들의 비밀

《리바이어던》을 쓴 영국의 철학자 토머스 홉스는 귀족의 비서로 일하며 생계를 꾸렸다. 매인 몸이었으니 시간이 충분했을 리 없다. 그가 주로 독서를 하고 생각을 모았던 장소는 대기실이었다. 고용주가 귀족들과 만나는 동안, 그는 대기실에서 기다리며 글을 읽고 썼다. 《자유론》의 저자 존 스튜어트 밀도 마찬가지다. 그는 인생 대부분을 동인도회사의 직원으로 보냈다. 밀 역시 늘 시간에 쫓길 수밖에 없었을 것이다. 그럼에도 두 사람은 많은 책을 남겼다. 둘 다 엄청난 독서량을 책에 녹여냈음은 당연하다.

역사를 살펴보면, 다작하는 작가들은 대개 다망多忙하기도 했다. 이러저러한 일로 정신없이 바빴다는 뜻이다. 하지만 독서량이 적은 사람치고 좋은 글을 쓰는 작가는 없다. 들어가는 것input이 없는데 나오는 것output이 풍성할 리 있겠는가. 그렇다면 홉스나 밀 같은 사람들은 도대체 언제 책을 읽고 글을 썼단 말인가.

잠깐 읽고 많이 생각하기

나는 그 비결을 '조각 독서'에서 찾고 싶다. 조각 독서란 틈나는 대로 짬짬이 책을 읽는 것이다. 버스나 지하철을 타고 가는 시간, 또는 은행에서 차례를 기다리는 시간이 모두 독서 시간이 될 수 있다. 자투리 시간이 생길 때마다 책을 들여다보자. 하루 종일 독서만 하는 것은 좀처럼 누리기 어려운 호사다. 학생들은 참고서 들여다보느라 책 읽을 틈이 없다. 생계에 쫓기는 생활인들은 더 말할 나위가 없다.

5분씩, 10분씩 '조각' 나는 시간을 모아 독서할 짬을 만들어 보라. 산만해서 도무지 책을 보기 힘들다고? 꼭 그렇지는 않다. 익숙하지 않아서 어렵게 느껴질 뿐이다. 자투리 시간에 신문이나 잡지를 들여다보는 사람은 꽤 많다. 짧은 읽을거리에서 책으로, 보는 내용을 바꾸기만 하면 된다. 생각보다 쉽다.

조각 독서에는 나름의 장점이 있다. 조각 독서는 수십 번, 수백 번에 걸쳐 책을 나누어 읽는 것이다. 그래서 읽을 때마다 앞의 내용을 다시 떠올리고 정리해야 한다. 이해의 기본은 곱씹기다. 조각 독서는 독자가 책에 깊게 다가가게 만든다. 책장을 펼칠 때마다 앞서 읽은 내용을 계속 떠올리며 정리해야 하기 때문이다.

게다가 조각 독서는 책의 내용을 폭넓게 바라보게 만든다. 숲의 전체 모습을 보려면 숲 밖으로 나와야 한다. 숲속에 머물러서는 나무만 바라보기 십상이다. 평생 책만 파는 학자들이 빠지기 쉬운 함정이다. 부분에만 머무르지 전체를 아우르기 어렵다는 뜻이다. 학술 논문 중에는 자기가 연구하는 분야의 전체 맥락을 짚지 못하는 경우가 적지 않다. 일부 내용만 집요하게 파고든 탓이다. 사회와 세상에 미치는 의미를 짚어내지 못한 채, 활자로 찍힌 내용에만 휘둘리는 경우도 많다.

조각 독서의 위력은 책을 보지 않는 시간에 발휘된다. 책장을 덮은 뒤에도 책 내용이 일상생활 속에서 끊임없이 떠오르기 마련이다. 잠깐 읽고 많이 생각하는 셈이다. 고개를 들어 세상을 바라보며 살다가, 다시 책장으로 돌아가는 구도가 반복된다. 그럴수록 이해는 더 넓고 깊어지며 생각의 뿌리도 단단해진다.

조각 독서를 하는 순간은 늘 불안하다. 자기가 제대로 책을 따라가고 있는지 의심스러운 탓이다. 그래서 시간 있을 때 책의 내용을 잘 갈무리해두고 싶다. 이렇게 조각 독서는 기록을 남기고 싶은 욕구도 자연스레 이끌어낸다.

내용을 제대로 정리하려면 책에 밑줄부터 그어놓아야 한다. 읽을 때마다 다시 앞으로 돌아갈 수는 없는 노릇이다. 중요한 부분에 밑줄을 쳐놓았다면 그 부분만 훑어보면 된다. 조각 독서를 하는 사람이 손에서 펜과 자를 놓지 않는 이유다. 밑줄 긋는 작업은 그 자체로 요약 능력을 키우는 훈련이기도 하다. 글의 핵심이 무엇인지를 꿰뚫어야 밑줄도 의미가 있지 않겠는가. 훌륭한 독서가일수록 밑줄도 제대로 긋는다.

집중력 있게 조각 독서를 하려면

하지만 책 읽기에 익숙하지 않은 사람은 조각 독서가 부담스러울 수 있다. 낯선 상황에서는 잠잘 때도 한참을 뒤척이기 마련이다. 책에 빠져드는 데도 그렇다. 활자에 주의를 모으는 데도 품과 시간이 많이 든다. 짧은 순간 정신을 모아 책을 읽기가 어디 쉬운가.

그렇다면 책부터 바꿔보자. 음식은 막 나왔을 때가 가장 맛

있다. 책도 마찬가지다. 관심이 살아 있는 따끈따끈한 책, 새 책 냄새가 폴폴 나는 '신선한(?)' 책은 독서 구미를 잡아당긴다. 반면 책상에 오랫동안 쌓아놓고 보지 않은 책은 독서 입맛만 떨어뜨린다.

어지간히 배고프지 않으면 찬밥에는 손이 가지 않는 법, 책도 그렇다. 사둔 지 오래된 책들은 내버려두라. 조각 독서를 위해서 정기적인 '책 쇼핑'은 필수다. 흥미를 끄는 새 책을 계속 구해보자. 그럴수록 책장에는 읽지 않은 책들이 수북이 쌓여갈 것이다. 그래도 걱정해서는 안 된다. 냉장고에 묵은 음식 천지일 때에도 마트에는 계속 가지 않던가. 독서도 그래야 한다. 책이 신선하고 맛깔스럽지 않으면 짬짬이 읽고픈 욕구는 좀처럼 생기지 않는다.

또 하나, 세상에 대한 호기심을 일깨우는 일도 게을리하지 말아야 한다. 모든 재미는 호기심에서부터 생긴다. 호기심을 지적 호기심으로 바꾸는 일이 독서다. 단순한 끌림을 주의 깊은 탐구로 바꾸어준다는 의미다. 정치, 경제, 문화 등 세상에는 우리의 관심을 끌 만한 일이 차고 넘친다.

대부분의 사람은 주어진 하루를 어제와 똑같이 살아간다. 생각 없이 일상을 반복할 뿐이라는 말이다. 그러나 알찬 삶을 살려면 반복보다 성장이 있어야 한다. 세상에 대한 애정은 더 알고 싶은 마음을 만든다. 알고 싶은 마음은 책 읽을 짬을 만들어낸다. "무관심은 무시로 이어지고, 관심은 존중으로 이어진다." 미국의 언론인 그린하우스의 말이다. 늘 독서할 시간이 부족해서 허덕이는 이들이 새겨들어야 할 명언이다.

서재의 모습은 주인의 영혼을 닮는다

《서재 결혼 시키기》

독서 기록 가이드

제목이 따뜻한 책입니다. 내용도 부드럽고 잔잔합니다. 그렇다면 책 소개도 살갑고 정겨운 느낌이 살아나야 하지 않을까요? 책의 내용을 전할 때는 주장과 논리보다 저자가 표현하려는 감정을 살려내는 편이 더 나을 때도 있답니다. 다음 독서 기록에서는 어떤 감정이 느껴지나요?

아이 방에는 비싼 책들이 즐비하다. 멋진 책장에 편안한 책상도 있다. 그런데도 아이는 독서라면 질색이다. 부모는 속이 상해 안달이다. 아이가 책을 좋아하게 하려면 어떻게 해야 할까? 저자인 앤 패디먼은 생뚱맞은 답을 일러준다. 아이를 닦달하기 전에 부모 방부터 살펴보라고 말이다.

아이는 부모를 보고 닮는 법이다. 부모가 책을 싫어한다면 아이라고 좋아할 리 없다. 부모의 방에 책이 한 권도 없다면, 그 집안의 독서 교육은 이미 끝났다고 보아도 된다.

이 점에서 앤 패디먼은 책벌레가 될 운명을 타고난 사람이다. 어린 패디먼은 작가인 부모의 서재에서 커다란 책들로 집을 지으며 놀았다. 식당에 가도 메뉴판에서 틀린 글자를 찾아내는 것이 '가족 스포츠'처럼 된 집안 분위기에서 자란 그녀는 "캐비아 1킬로그램보다 낡은 책 9킬로그램이 훨씬 더 맛있다고 생각하는" 사람이 되었다.

《서재 결혼 시키기》에는 앤 패디먼의 책 사랑이 잔잔하게 담겨 있다. 작가인 남편과 서재를 합치는 장면은 책에서 가장 인상적인 부분이다. 오래된 서재에는 주인의 성격이 그대로 담겨 있다. 따로 쓰던 서재를 하나로 합치는 일은 성격이 다른 두 사람이 결혼하는 것만큼이나 어려운 일이다.

남편 조지는 '병합파'다. 그는 책들을 아무렇게나 뒤죽박죽 꽂아놓았다. '어떤 책은 수평으로, 심지어 어떤 책은 다른 책 뒤에 꽂혀 있기도' 했다. 반면 패디먼은 '세분파'다. 주제에 따라 책을 나누고 차례대로 꽂아놓았다. 오랜 질서를 허물고 새롭게 하는 작업이 손쉬웠을 리 없다. 이 서재 전쟁에서 누가 승리를 거두었을까?

처음에는 패디먼이 이겼다. 남편의 방식대로 정리하면 패디먼은 책을 찾을 수 없었지만, 패디먼의 방법으로 하면 남편도 원하는 책을 쉽게 골라낼 수 있었기 때문이다. 하지만 세월이 흐르면서 남편의 방식이 우세해졌다. 새로 생긴 나라의 법은 깔끔하고 짜임새 있다. 반면 영국처럼 오래된 나라의 법은 복잡하고 너절하다. 그렇다고 오래된 법이 꼭 비효율적인 것은 아니다. 서가도 그렇다. 무질서 속에도 질서가 있는 법, 서재는 주인에게만 통하는 방식으로 새롭게 질서를 찾아간다. 남편의 뒤죽박죽 책정리가 점점 우세해진 이유다.

패디먼은 책을 사랑하는 방법도 사람마다 제각각이라고 말한다. 시인 조지 고든 바이런은 책을 거칠게 보기로 유명했다. 밑줄을 긋고 여백에 메모하는 정도를 넘어, 책장을 뜯어내고 갈가리 찢기까지 했단다. 심지어 책에다 '공개적으로 말하기 뭣한 짓'까지도 했다.

투자 분석가인 패디먼의 친구는 바이런과 정반대 방식으로 책을 사랑한다. 그는 책을 두 권씩 산다. 한 권은 '독서용'이고, 다른 한 권은 '소장용'으로 서가에 곱게 보관해놓기 위해서다. 둘 중 누가 더 책을 아끼는 사람이라 할 수 있을까?

그런가 하면 책을 거짓되게 사랑하는 사람도 있다. 패디먼의 또 다른 친구는 실내 장식을 하는 사람에게 한 달 동안 집을 빌려주었다. 돌아와 보니 책들이 '모양과 색깔별'로 정리되어 있었다. 책의 '영혼'인 내용에는 전혀 신경 쓰지 않은 채, 겉모습만으로 책장을 정리한 셈이다. 서재를 이렇게 만든 사람이 과연 책을 좋아하는 사람이라 할 수 있을까?

서재는 주인의 영혼을 닮아간다. 책 한 권 한 권은 상품일 뿐이다. 흩뜨려놓은 나뭇잎만 가지고는 나무의 모습을 알 수 없다. 서재도 마찬가지다. 오랜 세월 쌓인 흙이 토양의 성격을 만들듯, 서가에 쌓여가는 책들은 주인의 성격을 말해준다.

이제 그대의 책꽂이를 둘러보라. 그대의 책들은 그대를 어떤 사람이라고 소개하고 있을까? 빈약한 책꽂이는 영혼의 허약함을 보여준다. 책장이 책으로 가득하다면, 그 안에 담긴 마음의 속살을 조용히 헤아려보자. 내 손때가 묻은 책들은 나를 비추는 거울이다.

4

글의 방향을 알려줄 나침반을 찾아라

자료 조사

자료 찾기에도 방향 설정이 중요하다

'탐구 독서'는 막막하다. 탐구 독서란 과제를 해결하기 위해 읽어야 하는 경우를 말한다. 예컨대 "우리 사회의 갈등을 해결할 방안을 논하라"라는 주제를 받았다고 해보자. 알아서 자료를 조사하고 읽고 의견을 내놓아야 한다면? 도대체 어디서부터 시작해야 할지 막연하기만 하다.

꼭 과제가 아니더라도 우리 삶에서 이런 일은 자주 일어난다. "좀처럼 안 팔리는 물건을 마케팅하려면 어떻게 해야 할까?", "배배 꼬인 인간관계를 풀 방법은 무엇일까?" 등등. 다행히도 하늘 아래 새로운 것은 없다. 대부분의 고민거리는 이미

숱한 전문가들이 해결책을 내놓고 글로 정리해놓았다. 문제는 어떻게 찾아낼 것인가이다. '나에게 꼭 필요한 바로 그 자료'를 손에 넣는 방법은 무엇일까?

무엇보다 방향 설정이 중요하다. 어떻게 문제에 접근할지 가닥부터 잡아야 한다는 말이다. "우리 사회의 갈등을 해결할 방안을 논하라"라는 주제는 어디서부터 접근해야 할까? 막막하다면 일단 그 문제를 가장 잘 알 것 같은 사람한테 도움을 청해보자. 선배, 선생님 등 주변을 둘러보면 가르침을 청할 만한 이들이 있기 마련이다. 챗GPT나 인터넷 검색 창에 질문을 올리는 것도 한 방법이다. "우리 사회의 가장 심각한 갈등은 무엇이라고 생각하세요?", "어떤 책을 읽어보면 도움이 될까요?", "글의 얼개는 어떻게 짜면 될까요?" 등등 방향을 잡는 질문을 던지고 대답을 들어본다.

모든 자료가 중요하진 않다

철학자 김용옥은 배움을 위한 가장 좋은 방법은 '전문가를 찾아가는 것'이라고 강조한다. 관련 분야의 최고 전문가에게 직접 배우는 것이 시간도 절약하고 제대로 된 지식을 얻는 길이다. 옛사람들이 괜히 도사道師에게 애면글면 배움을 청했겠는

가. 혼자서 머리 싸매고 있어봐야 아무것도 해결되지 않는다. 나보다 먼저 이 문제를 고민해본 사람을 찾아가서 도움을 청해보자.

연구의 가닥을 잡는 단계에서는 발품을 파는 노력도 빼놓을 수 없다. 숱하게 검색어를 입력하며 인터넷을 샅샅이 뒤져봐야 한다. 도서관이나 서점에 가서 관련 책들도 훑어보아야 한다.

거미가 만드는 실은 아주 가늘다. 거미는 이 실로 매미도 잡을 만큼 튼실한 거미집을 만든다. 자료를 찾는 일도 다르지 않다. 내가 찾는 모든 자료가 정답처럼 한 권의 책에 고스란히 담겨 있는 경우는 없다. 여기 조금, 저기 조금. 여기저기에 흩어져 있는 자료들을 바지런히 모으다 보면, 어느새 '경탄할 만한 콘텐츠의 거미집'이 완성될 것이다. 필요한 정보를 캐내는 시간이 늘어날수록, 어떤 책을 읽고 어떻게 써야 할지에 대해 가닥을 잡을 수 있다.

연구의 방향이 어느 정도 잡혔다면 이제 본격적으로 '읽기'를 시작할 때다. 구슬이 서 말이어도 꿰어야 보배라는 말이 있다. 잔뜩 쌓아놓은 자료를 보면 한숨만 나올지 모른다. 저걸 언제 다 읽고 내용을 정리할까?

그러나 모은 자료를 다 공들여 읽을 필요는 없다. 기자도 기사를 쓸 때 많은 사람을 만나고 자료를 모은다. 그러나 실제 기사로 작성되는 내용은 그중 일부일 뿐이다. 일단 가장 중요한 책 한 권을 고르고, 그 책에서 꼭 봐야 할 내용만을 추린다. 할 것이 너무 많으면 아무것도 못하는 법이다. 고민만 하고 정작 제대로 읽어볼 엄두를 못 내는 탓이다. 꼭 읽어야 할 내용을 50~60쪽 남짓으로 좁혀보자. 그러면 읽어볼 만하다는 자신감이 샘솟을 것이다. 자료의 핵심 줄기를 잡는 일은 이래서 중요하다. 읽은 내용을 자기 문장으로 정리하는 단계에 이르면 과제 해결은 어느덧 눈에 들어온다.

꼬리에 꼬리를 무는 '자료 사냥'

그런데 어떤 자료가 핵심인지 모르겠다면 어떻게 해야 할까? 연구자들은 논문을 쓸 때 책 뒤쪽에 실린 '참고문헌'을 꼼꼼하게 짚어보곤 한다. 거기에 단골로 등장하는 자료를 눈여겨봐야 한다. 그만큼 관련 논의의 중심을 차지하는 것이기 때문이다. 따라서 가장 많이 인용되는 자료를 찾아 그것부터 읽어보는 것도 좋겠다.

중심이 분명하면 주변도 뚜렷해진다. 읽고 궁리해야 할 주된 자료를 읽고 정리했다면, 무엇이 부족한지, 어떻게 보완해야 할지에 대한 물음도 자연스레 따라온다. 중심 줄기가 되는 자료를 읽을 때, 다음 두 물음은 큰 도움이 된다.

- 지금 논의에서는 어떤 반론이 나올 수 있을까?
- 자료에서 제대로 설명이 안 되는 부분은 무엇인가?

자기 생각은 하늘에서 떨어지지 않는다. 다른 사람의 주장을 많이 접하고 반박하는 가운데, 자기만의 생각이 싹트곤 한다. 비판적으로 읽는 자세는 이래서 중요하다. 앞의 두 물음으로 부족한 부분이 떠오른다면, 이제 이를 풀어줄 자료들을 찾아야 할 때다. 이쯤에서 주제를 잡기 위한 자료 읽기는 어느덧 '꼬리에 꼬리를 무는 독서'가 된다. 문제를 해결하기 위해 또 다른 읽기에 매달리고, 읽다 보면 새로운 문제의식이 싹튼다. 게다가 '자료 사냥'을 하다 보면 나중에 따로 읽고 싶은 흥미진진한 책들도 눈에 띄기 마련이다.

하지만 자료를 읽을 때는 '시간 종량제'도 머릿속에 넣어야 한다. 언제까지 자료만 읽고 있을 수는 없는 일이다. 자료를 볼 때는 끝내야 할 '마감 시한'을 정해놓아야 한다. 그러면 읽는 눈은 한결 매서워진다. 과제 제출 시한이 다가올수록 집중력이 높아지는 것과 같다.

주제를 잡기 위해 자료를 읽을 때 독서량은 훨씬 많아진다. 숲속에서 산책할 때보다 짐승의 발자국을 좇을 때 더 열심히 걷게 되는 것과 마찬가지 이치다. 자료를 찾기 위한 독서는 박람강기博覽强記(여러 가지 책을 읽고 기억을 잘한다는 뜻)에도 도움을 준다. 자료 조사는 한없이 시간을 잡아먹는 일이다. 막막하고 조급한 마음을 추스르기 힘들 때도 많다. 그러나 더 단단해지고 있는 자신의 영혼을 떠올리며 힘을 낼 일이다.

전문 필자에게는 자신만의 집필 철학이 있다

《한국의 글쟁이들》

독서 기록 가이드

이 책은 인터뷰 모음집입니다. 인터뷰 모음집에 대한 독서 기록을 쓸 때는 책에 담긴 인터뷰를 각각 30초짜리 숏폼 영상으로 만든다는 생각으로 정리해보세요. 짧은 시간에 인터뷰한 이의 특성과 개성을 잘 담아내야 합니다. 어때요. 소개한 인물들의 개성이 잘 담겨 있나요?

화학 살충제가 점점 많이 쓰였다. 과학자들은 이 문제에 대해 많은 논문을 썼다. 그럼에도 세상은 귀 기울이지 않았다. 정작 문제의 심각성을 제대로 일깨운 사람은 과학자가 아니었다. 《침묵의 봄》이라는 책을 써서 살충제 DDT의 위험성을 알린 사람은 레이첼 카슨이다. 카슨은 전문 화학자가 아닌 '저술가'였다.

많이 안다고 해서 글로도 쉽게 이야기할 수 있는 것은 아니다. 저술가는 깊은 지식을 바탕으로 일반 독자들이 알아듣게끔 글을 쓰는 사람이다. 《한국의 글쟁이들》은 정민, 한비야, 정재승, 표정훈 등 우리 시대의 대표적인 저술가들을 소개한다.

이들은 모두 엄청난 독서가이기도 하다. 출판 평론가 표정훈은 대학 시절 도서관을 구획지어 차례로 읽어나갔다고 한다. '도서관 완전 정복'이었던 셈이다. 지금도 그는 일주일에 10여 권의 책을 읽는다고 한다.

건축 저술가 임석재는 '눈덩이론'을 편다. 처음에는 눈덩이를 만들기 힘들어도 어느 정도 덩치가 되면 굴리기 쉬워진다. 자료도 그렇다. 늘어난 자료들은 각자 가지를 뻗어 더 많은 호기심과 생각거리를 안겨줄 것이다. 민속학자 주강현도 자료 욕심에서는 둘째가라면 서러워할 정도다. 주강현은 답사를 다니는 곳마다 배가 들고 나는 시간표, 버스표까지도 꼼꼼하게 모은다고 한다. 튼실하고 알찬 글은 철저한 자료 수집과 읽기에서 나온다는 것을 말해주는 대목이다.

또한 저술가들은 자기관리에 있어서도 남다르다. 읽고 쓰는 시간을 늘리기 위해서다. 경영전문가 공병호는 직장에 다니던 시절, 주말을 토요일 오후, 일요일 오전과 오후로 나누어 썼다고 한다. 세 덩어리의 시간 중에서 둘은 공부하고 글을 쓰는 데 할애하고, 나머지 하나는 가족과 보냈다. 예컨대 토요일 오후에는 글을 쓰고 일요일 아침 일찍 가족과 놀이공원에 가고 오후에 돌아와서 다시 자기 공부를 하는 식이다.

글쓰기에 있어서도 저술가들은 완벽을 추구한다. 한비야는 자신이 쓴 글을 거듭 소리 내어 읽는다. 호흡이 짧거나 거칠다 싶으면 다시 글을 다듬는다. 빨간 펜으로 고친 원고가 '딸기밭'이 되도록 고치고 또 고친다. 한비야의 글이 술술 읽히는 이유다. 정민 교수도 비슷하다. 글을 쓰고 나면 세 번씩 다시 읽는다. 필요 없는 부분을 버리고 또 버린다. 그의 문장에 군더더기가 없는 이유다.

이들이 저술가가 되기까지의 수련 과정 또한 새겨들을 만하다. 철학 저술가 김용옥은 무엇이건 '전문가에게 배우라'고 조언한다. 옛날에 도사에게 가르침을 청했듯이 말이다. 그래야 제대로 배우고 공부에 드는 시간도 줄일 수 있다. 표정훈은 낑낑대며 원고지 1500매 분량의 소설을 쓴 경험이 저술가가 되는 밑거름이었다고 말한다. 과학 저술가 정재승 또한 고교 시절에 쓴 영화 평론이 큰 도움이 됐다며 기억을 더듬는다. 변화경영 전문가 고故 구본형도 A4 용지 20매 분량으로 '나의 10대 풍광'이라는 글을 써보라고 권한다.

독자 입장에서 글을 쓰는 자세도 중요하다. 정재승은 마음에 차는 책이 없으면 스스로 '읽고 싶은 책'을 직접 썼다. 그의 글이 독자들의 흥미를 잡아당기는 비결은 읽는 사람의 입장에서 생각하는 자세에 있다. 역사 저술가 이덕일 또한 "책도 상품인데,

아이스크림을 겨울에 팔 수는 없지 않느냐"라고 너스레를 떤다. 시기에 맞추어 독자의 흥미를 끌 만한 소재를 찾아 책을 낸다는 뜻이다.

신라의 승려 원효 대사는 표주박을 차고 노래를 부르며 아이들에게 불법佛法을 전했다. 그러면서도 깊고도 정교한 책들을 썼다. 현대의 저술가도 원효 같은 사람들이다. 대중을 향해서는 쉬운 글을 쓰고, 그 자신은 학문의 깊이를 더하기 위해 끝없이 노력한다. 우리 문화의 수준은 이들의 활약에 따라 크게 달라질 것이다.

5

글쓰기의 뼈대 세우기

점검 독서와 자료 정리

수준 높은 독서 기록의 출발점

쿼터리즘quarterism은 활자를 읽는 시간이 15분도 못 되는 요즘 독자들을 일컫는 말이다. 독서 호흡은 점점 짧아지고 있다. 세상에 읽어야 할 것은 넘치고 시간은 늘 부족하다. 재미있는 볼거리는 또 얼마나 많은가. 사람들의 독서 입맛은 점점 짧아지고 있다. 그럴수록 알차고 진지한 내용을 담은 글을 쓰기란 점점 어려워진다.

그렇다고 한숨만 쉬고 있을 수는 없다. 어차피 세상은 변하게 되어 있다. 변화하는 독서 환경에 맞추어 글 쓰는 방법도 변해야 할 것이다.

책 소개를 담은 독서 기록도 마찬가지다. 읽을거리가 넘쳐나는 시대에 어떻게 해야 사람들이 내 글을 읽고 싶게끔 독서 기록을 쓸 수 있을까? 내 글을 읽는 사람들에게 의미 있는 독서 기록을 쓰려면 어떻게 해야 할까?

음식 맛의 90퍼센트는 재료에서 결정된다고 한다. 독서 노트도 마찬가지다. 소개할 책에서 흥미와 맛깔스러움을 찾지 못했다면 좋은 서평이 나올 리가 없다. 독서 기록의 질과 수준은 90퍼센트 이상이 '읽기'에서 판가름 난다. 그렇다면 어떻게 책을 읽어야 할까?

책의 핵심을 추려내려면 '점검 독서' 하라

독서 기록을 쓰는 과정은 취재 기자의 일과 다르지 않다. 기자는 사건의 핵심과 주목해야 할 부분을 콕 집어 알려준다. 독서 기록을 쓰는 작업도 그래야 한다. 독자들에게 핵심을 짚어주고 눈길을 끄는 부분은 도드라지게 해야 할 것이다. 그러려면 다음의 물음부터 던져보자.

- 무엇에 대한 책인가?

독서 기록을 위해 책을 읽을 때 맨 처음 던져야 하는 물음이다. 기자도 취재를 시작하기 전에 '어떤 성격의 사건인가'부터 묻는다. 《춘향전》을 예로 들어보자. 어디에 초점을 맞추느냐에 따라 《춘향전》은 전혀 다르게 읽힌다. '남녀평등의 관점에서 살펴본 《춘향전》', '19세기 우리말 자료로서의 《춘향전》', '판소리 역사에서 바라본 《춘향전》', '신분제 사회를 비판하는 자료로서의 《춘향전》' 등등. 책을 읽기에 앞서, 어느 특징에 초점을 둘지를 마음속에 그려두어야 한다.

이보다 먼저 던져야 할 질문도 있다. 취재할 거리를 결정할 때 데스크에서 기자에게 꼭 묻는 말이 있다. "그 사건은 어떤 점에서 눈길을 끌 만하지?" 책을 읽을 때도 똑같은 물음을 던져야 한다.

- 이 책은 어떤 점에서 눈길을 끌 만할까?

좋은 독서 기록은 이 물음에 대한 답을 담고 있다. 그렇지 못한 독서 기록은 김빠진 사이다처럼 되어버린다. 기자는 흥밋거리를 찾기 위해 사건의 전체 얼개를 찬찬히 훑는다. 책의 핵심을 추려낼 때도 내용의 큰 윤곽부터 살펴보아야 한다. 모티머 J. 애들러는 이를 위한 좋은 방법을 일러준다. 이른바 '점검 독서'라 부르는 기술이다.

책장을 열기 전에 먼저 표지나 띠지에 적힌 광고 문구를 꼼꼼하게 살펴보자. 광고 문구는 독자의 눈길을 끌기 위해 일부러 만든 글이다. 당연히 책에서 내세우고 싶은 부분을 도드라지게 적어놓았을 것이다.

그 다음엔 목차를 주의 깊게 살펴보아야 한다. 작가는 목차를 구성하는 데 많은 공을 들인다. 성기게 짜인 목차는 책의 주장을 웅얼거림 정도로 망쳐버리기도 한다. '구슬이 서 말이라도 꿰어야 보배'라 하지 않던가. 좋은 책은 목차에서부터 책의 핵심을 강하게 드러낸다.

책의 전체가 눈에 들어왔다면 결론을 훑어보자. 결론에는 책의 핵심이 담겨 있기 마련이다. 그러고 나서는 핵심을 담고 있을 듯한 장章들을 먼저 읽어본다. 애들러가 일러주는 '점검 독서'는 여기까지다.

책의 가치를 끌어내는 자료 정리

이제부터는 책의 전체 내용을 4~5개 문장으로 짧게 정리해보자. "이 책은 ~에 대한 것으로 ~한 주장을 핵심으로 하고 있다. 특히 ~한 대목을 눈여겨볼 만하다"라는 식으로 말이다.

책의 큰 그림을 그렸다면 이제 본격적인 '취재'에 들어가도 좋겠다. 기자는 인터뷰를 하면서 날카로운 질문을 계속 던진다. 대화를 좇아가면서도 머릿속으로는 기삿거리가 될 만한지를 가늠한다. 책을 읽을 때도 그래야 한다. 핵심 내용을 짚어가며 눈길을 끄는 대목들을 챙기라는 뜻이다.

이렇게 '취재하듯' 책을 읽었다면 자연스레 다음과 같은 자료들이 만들어질 것이다.

- 첫째, 책 전체를 담은 4~5줄 정도의 요약 글
- 둘째, 흥미로운 내용이나 감명 깊은 부분을 담은 메모 십수 개
- 셋째, 책에 대한 자신의 평가와 의견을 담은 메모

이 셋은 독서 기록의 핵심을 이루는 내용이기도 하다.

"아무리 나쁜 책도 장점 한두 가지는 있기 마련이다." 《돈키호테》의 작가 미겔 데 세르반테스의 말이다. 훌륭한 독서 기록은 책의 가치를 150퍼센트로 끌어올린다. 평범한 독자들은 흘려버릴 법한 부분에서도 숨은 가치와 의미를 찾아내기 때문이다.

반면 나쁜 독서 기록은 훌륭한 책도 형편없는 책으로 만들어 버린다. 아는 만큼 보이는 법이다. 축구를 잘 아는 사람의 눈에는 선수들의 움직임 하나하나가 예사롭게 보이지 않는다. 축구를 모르는 사람은 축구 경기를 득점수로만 판단한다. 그래서 시합에서 지면 형편없는 경기였다고 선수들을 비난하곤 한다.

책 소개를 제대로 하기 위해서는 겸손함을 잃지 말아야 한다. 혹시 자신이 책의 진정한 가치를 놓치고 있지는 않은지, 부족한 지식과 짧은 생각으로 메시지를 제대로 읽어내지 못한 것은 아닌지 끊임없이 되물어볼 일이다.

소크라테스는 보잘것없는 사람의 말에도 이해가 안 되면 공손하게 묻곤 했다. 애정이 담긴 물음은 숨겨진 가치를 이끌어내곤 한다. "이 책의 진정한 가치는 무엇일까?" 책을 읽으면서 수없이 던져야 할 질문이다.

자기 색깔이 살아 있어야 오래간다

《교양노트》

독서 기록 가이드

요네하라 마리는 힘들이지 않고 경쾌하게 말하듯 글을 쓰는 작가입니다. 이런 장점을 살리려면 저자의 글을 직접 인용하는 편이 좋습니다. 독서 기록에 담긴 인용문을 보며, 저자의 개성을 느껴보세요.

과거 소련에는 가게마다 사람들이 길게 줄을 선 풍경이 흔했다. 늘 상품이 부족해서 시민들은 물자가 도착할 때까지 하염없이 기다려야 했다. 대개 줄을 선 사람들은 노인이었다. 힘없고 생기 없는 표정의 그들을 보며 서방 세계 사람들은 혀를 찼다. "아! 얼마나 불쌍한 풍경이란 말인가!"

하지만 일본의 러시아어 통역가이자 수필가인 요네하라 마리의 이야기를 듣고 나면 생각이 달라진다. 줄을 선 노인들은 결코 불쌍한 이들이 아니었다. 일하느라 바쁜 젊은이들의 부탁을 받고 대신 줄을 선 것이었다. 노인들로서는 할 일이 생길뿐더러

약간의 용돈까지 받게 되니 결코 마다할 상황이 아니었다. 게다가 줄을 선 동안 주변 사람들과 이야기도 나눌 수 있지 않은가. 청소년기에 체코슬로바키아에서 러시아어 학교를 다닌 덕분에 일본과 러시아, 두 문화에 익숙한 요네하라 마리는 《교양노트》에서 문화에 대한 다양한 시각을 보여준다.

> 일본인은 돈이나 어떤 물건을 함부로 쓸 때 '물 쓰듯'이라고 표현하지만, 사막에 사는 베두인족에게 이 관용구를 말 그대로 통역해서 들려준다면 '소중하게 아끼고 아껴서'라는 의미로 받아들일 것이다. 그들은 '물 쓰듯'이라는 의미로 '모래처럼'이라는 말을 사용한다고 한다. 또 고대 그리스인들은, 프랑스인이라면 "즐거운 여행이 되기를!"이라고 말할 대목에서, "언제나 물이 풍족하기를!"이라고 말하며 여행자를 배웅했다고 한다. (113쪽)

> 테마파크의 '외국'에서는 결코 진짜 외국에서처럼 무뚝뚝한 웨이트리스의 거친 대응에 화가 나거나, 매표소에서 인종차별적인 취급을 당해 속이 상하거나, 택시 운전사에게 바가지를 쓰는 일이 없다. 어디까지나 아름답고 무해한 그림엽서 같은 세계다. 이국이나 이문화를 접했을 때 생기는

> 충격과 공포를 말끔하게 제거한 이국정취만을 만끽할 수 있다. 마치 '컬처 쇼크'라는 이름의 맹수를 우리에 넣고 즐기는 동물원 같다. (178쪽)

읽다 보면 가슴에 느낌표가 또렷하게 찍히는 구절들이다. 책에는 문화의 차이를 이해할 수 있는 내용뿐 아니라, 촌철살인의 웃음을 안기는 이야기로 가득하다.

> 가가린이 인류 처음으로 우주를 비행하고 돌아왔을 때, 공산당 서기장에게서 전화가 걸려왔다. "부탁이니 신과 만났다는 것만은 비밀로 부쳐주게."
> 수화기를 내려놓기가 무섭게 또다시 전화벨이 요란하게 울렸다. 바티칸의 교황으로부터 온 전화였다. "부탁이니 신이 없었다는 것만은 말하지 말아주게." (39쪽)

소련의 공포통치와 바티칸의 외골수 믿음을 아는 사람들은 웃음을 터뜨릴 수밖에 없겠다. 책에는 이런 식의 위트와 유머가 있는 이야기들로 가득하다. 요네하라 마리는 2006년에 암으로 세상을 떠났다. 마음산책 출판사는 요네하라 마리의 책들을 다수 계약해서 한국어로 출간했다. 국내에는 잘 알려지지 않은 일본 작가의 수필을 왜 이토록 많이 소개하려 했을지는 책을 읽어 보면 안다. 처음에는 심드렁하게 읽다가 어느덧 허리를 곧추세우고 책에 고개를 파묻고 있는 자신을 발견하게 될 것이다. 사는 게 재미없거나 통찰이 필요한 사람에게 권하고 싶은 책이다.

6

시간의 체로 걸러야 남는 것

생각 재우기

아무리 좋은 책도 묵혔다 기록해야 하는 이유

독서 기록 쓰기란 변비와의 싸움과도 같다. 머릿속은 가득한데, 좀처럼 글이 되어 나오지 않는다. 점점 다가오는 마감 시간, 미치고 팔짝 뛸 노릇이다. 영락없이 변기에 앉아 쩔쩔매는 변비 환자 꼴이다. 문밖에는 차례를 기다리는 사람들이 길게 늘어서 있다. 언제까지나 버틸 수는 없는 노릇이다. 뭔가 터뜨리고 편안해져야 할 테다. 도대체 어찌하면 좋을까?

좋은 독서 기록은 '참았다 깔끔하게 터진 한방(?)'처럼 개운함을 준다. 글을 마치고 이처럼 후련한 기분을 느끼려면 어떻게 해야 할까?

먼저, 읽은 책이 '양서'여야 한다. 불량식품을 먹고도 속이 편했으면 하는 기대는 무리다. 달달하게 읽히지만 내용 없는 책도 그렇다. 읽는 동안만 즐거웠을 뿐, 쓸 만한 생각이 좀처럼 고이지 않는다. 반면 좋은 책을 읽으면 생각이 많아진다. 예컨대 시간 죽이기용 영화나 소설은 대부분 스토리 전개가 뻔하다. 이런 부류는 즐겁게 보고 깨끗이 잊힌다. 〈매트릭스〉나 〈아바타〉 같은 영화는 어떤가? 보고 나면 며칠 동안은 상상의 나래를 펼치게 된다. 좋은 책도 그렇다. 튼실한 읽을거리는 생각의 가지가 계속 뻗어나가게 한다. 훌륭한 책이 훌륭한 독서 기록을 만드는 셈이다.

둘째, 책을 끝까지 읽은 후에는 처음부터 찬찬히 내용을 다시 훑어보라. 읽으면서 밑줄이나 별표를 해놓았다면 더욱 좋겠다. 인상적으로 읽은 부분을 되새김질하는 시간은 반드시 필요하다. 숲속에 있으면 나무만 보일 뿐이다. 숲 전체를 보려면 밖으로 나가야 한다. 이미 본 책장을 다시 넘기는 '정리 독서'는 그래서 필요하다. 정리 독서는 책의 전체 윤곽을 다시 그려보는 작업이다.

그러고 나서는 생각을 재우는 시간을 가져야 한다. 시간은 가장 멋진 '첨삭 선생님'이다. 시간이 흐르면 필요 없는 내용은 저절로 기억에서 사라진다. 인상 깊거나 핵심이 되는 내용은 시간이 지나도 몇 번씩 곱씹게 된다. 이럴수록 책의 고갱이는 더욱 뚜렷해진다. 책을 덮고 3~4일 정도 생각을 재우고 나면, 어느덧 글의 줄기가 저절로 잡히게 된다.

하지만 생각을 재우는 과정은 '망각'과는 다르다. 아무리 감명 깊게 읽은 책도 두 번 다시 떠올리지 않으면 기억에서 사라져버린다. 재우는 과정에서는 독서 경험이 계속 떠오르게 해야 한다. 어떻게 하면 그럴 수 있을까?

끊임없이 머릿속으로 다듬어라

자신만의 마감일을 정하는 것도 좋은 방법이다. '마감일'은 생각을 놓지 못하게 머리를 꾹꾹 찔러대는 바늘과 같다. 쓰기 전에 "언제까지 누구에게 쓰겠다"고 결심할 필요가 있다. 마감증후군deadline syndrome은 모든 작가가 앓고 있는 병이다. 개학 전날에야 방학 숙제를 하게 되듯, 펜대는 마감일이 닥쳐야 움직이게 되어 있다. 또한 딴 일을 하고 있어도 머리는 마감일을 힐끗거리며 끊임없이 글을 짓고 있다. 역사상 마감에 쫓기지 않은 명작은 없었음을 명심하라.

셋째, 생각을 재우면서도 끊임없이 다음 세 가지 질문을 곱씹어보자.

- 이 책은 무엇에 대한 책인가?
- 이 책은 어떤 점에서 세상에 의미 있을까?
- 이 책을 읽어야 하는 이유는 무엇인가?

이 물음들은 책의 소중한 부분을 체로 걸러내듯 추려준다. 또한 이 물음들에 답하다 보면, 내 머릿속은 이미 독서 기록을 쓰고 있다.

축구 선진국에서는 청소년 선수들의 훈련 시간이 하루 몇 시간을 넘지 않도록 정해놓는다고 한다. 무리하지 않도록 훈련 시간을 정해놓은 것이다. 반면 축구에서 뒤떨어진 나라의 청소년 대표 선수들이 훨씬 더 오랜 시간 훈련하는 경우도 많다. 그러나 누가 더 축구 실력이 좋을까?

몸은 축구장에 없어도 계속 경기장에서 플레이하는 광경을 상상할 수 있다. 이미지 트레이닝은 큰 효과가 있다. 공을 차지 못하는 아이들의 머릿속은 온통 축구로 가득하다. 공을 패스하고 슛하는 동작을 끊임없이 떠올리고 교정하며 정교하게 만든다. 지친 몸으로 공을 차는 아이들은? 노동하듯 훈련을 반복할 뿐이다. 원고지를 마주하기 전에 생각을 제대로 재우는 과정은 그래서 중요하다.

꼬리에 꼬리를 문 독서가 영감을 준다

마지막으로, 멀티태스킹도 중요하다. 생각을 재우는 동안에는 다른 책을 보면 안 될까? 전혀 그렇지 않다. 오히려 여러 책을 접하고 읽는 쪽이 좋다. 뉴턴은 사과가 떨어지는 것을 보고 만유인력의 법칙을 발견했다고 하지 않던가. 그는 만유인력을 이해하고 싶어서 사과를 노려보고 있었던 것이 아니다. 충분히 재운 생각은 다른 아이디어와 만났을 때 불꽃을 튀긴다.

마키아벨리의 《군주론》을 예로 들어보자. 《군주론》은 정치 지도자가 갖추어야 할 능력과 태도를 다룬 책이다. 설명을 위한 사례가 많아서 산만하기도 하다. 그래서 갈래를 잡기가 어렵다. 이때 독서 기록을 위해 생각을 재우다가 인터넷에서 외국의 독재자에 관한 기사를 보았다면 어떨까? 그 독재자는 《군주론》의 지도자와 어떤 점이 같고, 어떤 점이 다를까? 마키아벨리의 관점에서 보면 그는 성공한 지도자일까?

같은 책이라도 무엇을 위해 보느냐에 따라 전혀 다르게 다가온다. 독서는 늘 꼬리에 꼬리를 문다. 이번에 새로 읽은 책이 예전에 읽은 내용에 영감을 주고, 예전에 읽은 책이 또 다른 책을 읽고 싶게 만든다. 독서 기록도 그래야 한다.

글을 쓰려고 책상 앞에 앉았는데 도무지 글이 풀리지 않는가? 변비 탈출의 모든 기술은 막힌 생각을 푸는 데도 효과 만점이다. 많이 걷고 섬유질을 충분히 먹어라. '변비 환자'에게 이 말은, 생각을 오래 재우고 사색하게 만드는 다른 책도 많이 읽으라는 의미가 되겠다. 장은 오래 묵어야 깊은 맛이 난다. 제대로 된 독서 기록도 그렇다. 책에 대한 생각이 제대로 삭아서 나온 글이 언제나 감동을 주는 법이다.

창의성은 망각과 재우기에서 온다

《사고 정리학》

독서 기록 가이드

《사고 정리학》은 쉽게 읽히는 책입니다. 그 이유는 작가 자신이 말하고 싶은 바를 빗대어 보여주듯 글을 쓰기 때문입니다. 독서 기록에서도 저자 도야마 시게히코의 비유들을 살려보았습니다. 쉽게 이해되는지 살펴보시기 바랍니다.

《사고 정리학》은 나온 지 40년 가까이 된 책이다. 그런데도 여전히 일본 온라인 서점에서 베스트셀러 순위를 유지하고 있다. 이 정도 세월을 버텼다면 '고전'이라 불러도 손색이 없을 듯싶다. 《사고 정리학》은 창의력을 기르는 방법을 담고 있다. 어떻게 해야 창의력을 키울 수 있을까? 책의 핵심을 추려내기는 어렵지 않다. '망각'과 '재우기'가 그것이다.

창의적인 사람이 되려면 먼저 잘 버릴 줄 알아야 한다. 정리는 버리는 일이다. 잡다한 지식을 잔뜩 움켜쥐기만 해서는 자유롭게 생각을 펼치지 못한다. '망각'할 것. 도야마 시게히코가 우리에게 주는 첫 번째 조언이다.

둘째, 창의적이 되려면 생각을 재울 줄 알아야 한다. "자꾸 들여다보는 냄비는 끓지 않는다." 기발한 아이디어가 있으면 적어둔다. 그러곤 득달같이 매달리지 말고 뜸을 들이며 기다려라. 시간은 가치 있는 생각만을 추려내게 한다.

프랑스의 대문호 오노레 드 발자크는 "잘 숙성된 주제는 제 발로 찾아온다"라고 말했다. 영국의 작가 월터 스콧도 고민이 있으면, "괜히 끙끙거릴 거 없다. 내일 아침 7시에는 다 해결될 거야"라고 스스로를 위안했다. 재워두는 시간이 충분할수록, 진정 나다운 생각들만이 영혼에 남게 된다.

목수는 갓 베어낸 생나무를 목재로 쓰지 않는다. 세월이 흐르면서 뒤틀리는 까닭이다. 쓸 만한 재목이 되려면 시간의 흐름을 견뎌내야 한다. 생각도 재워두는 가운데 안정되며 더 단단해진다. 사고 정리란 '관심, 흥미, 가치관에 의해 체로 걸러내는 과정'이다.

망각과 재우기의 가치를 알았다면, 이제 창의성을 틔우는 방법을 살펴볼 차례다. 저자는 중국의 시인 구양수歐陽脩를 여러 번 인용한다. 구양수는 생각이 잘 떠오르는 장소로 말 위馬上와 베개 위枕上, 측간厠上을 꼽았다. 현대적으로 바꿔 말하면 지하철, 침대, 화장실이라고 할 수 있겠다. 죽자고 매달릴 때는 창조적인 생각이 되레 달아난다. 창의성은 비워둔 상태에서 찾아든다. 변기에 앉아 시원함과 무료함을 느끼고 있을 때, 놀라운 생각이 번개처럼 머리를 스치는 경험을 누구나 한 적이 있을 것이다. 지하철에서 멍하니 서 있을 때, 생각의 갈래가 술술 잡히기도 한다.

또한 그는 한 가지보다 여러 가지 일을 병렬적으로 진행하는 것이 좋다고 말한다. 저자는 작가 윌터 캐더의 말을 들려준다. "(관심이 끌리는 사람이) 한 사람이라면 너무 많다. 한 사람뿐이면 모든 것을 빼앗아간다." 사랑하는 이가 마음을 온통 사로잡고 있으면 다른 사람은 눈에 안 들어온다는 뜻이다.

글도 마찬가지다. 한 가지 주제에만 매달려 있으면 객관적으로 세상을 보기 어렵다. 생각도 점점 좁아져서 몰두한 만큼 효과가 나지 않는다. 그래서 도야마 시게히코는 적어도 두 가지, 가능하면 세 가지 주제를 동시에 진행하라고 말한다. 생각을 재우고 불필요한 것들을 망각할 때, 여러 개의 작업도 마침내 좋은 결실을 줄줄이 맺곤 한다.

창의성을 틔우려면 '맥락'에서 벗어날 줄도 알아야 한다. 이 학교에서 비실거리던 학생이 다른 학교에 전학 가서는 훨훨 나는 경우가 있다. 인간은 맥락에 따라 사는 동물이다. 환경이 바뀌면 평가와 역할도 바뀐다. 그만큼 가치도 달라진다. 창의적인 사람은 맥락을 뒤바꾸어 가치를 드높일 줄 안다. 이를 저자는 '착상의 에디터십'이라고 말한다.

대한민국은 창의성마저도 '스파르타식'으로 기르려는 나라다. 학교마다 '자기주도적 학습'을 위한 야간 '자율(?)' 학습과 '창의성을 위한 보충수업'이 열풍처럼 번지던 때가 있었다. 이렇게 해서 과연 창의성을 키울 수 있을까? 출간된 지 오래된 《사고정리학》이 일본에서 여전히 베스트셀러인 이유를 깊이 고민해야 할 때다.

3부

A4 한 장 써보기

독서 기록으로 익히는 글쓰기의 정석

상품은 팔려야 한다. 아무리 좋아도 소비자의 선택을 받지 못한 상품은 처치 곤란한 재고품일 뿐이다. 글쓰기도 마찬가지다. 독자가 읽고 싶게, 호소력 있게끔 써야 한다. 나아가 독자에게 책의 핵심을 일목요연하게 잘 전달해야 좋은 독서 기록이다. 독서 기록에는 책에 대한 비판도 담기기 마련이지만, 거부감이 들지 않게끔 품격 있는 한마디를 해야 좋은 인상을 준다. 이 모두는 독서 기록의 '정석'이라 할 만하다.

1

모든 글에는 독자가 있다

독서 기록의 기본

좋은 글은 정직함으로 인정받는다

9·11 사건이 벌어졌을 때, 미국 사람들은 충격에 빠졌다. 위기 상황에서 사람들은 다음 두 물음의 답을 절절하게 찾는다. "누구(무엇) 때문에 이런 일이 벌어졌을까?", "어떻게 해야 이 위기에서 벗어날까?" 원인과 해결책을 알아야 마음이 놓이지 않겠는가.

이 두 가지 물음에 조지 부시 당시 미국 대통령은 분명한 답을 주었다. "우리를 따를 것인가, 테러리스트를 따를 것인가!" "이 싸움은 자유를 위한 것이며, 우리는 이겨낼 것입니다." 대통령의 연설문에 나왔던 말들이다. 미국인들이 찾고자 하는

'정답'이 거기에 쏙쏙 박혀 있었다. 위기의 '원인'은 테러리스트들에게 있다. 따라서 '해결책'은 그들을 제거하는 것이다.

절실히 바라는 '정답'은 귀에 쏙쏙 들어오는 법이다. 심지어 사람들은 제시된 '정답'을 믿으려고 노력한다. 부시는 소리 높여 외쳤다. 이라크, 이란, 시리아, 북한, 쿠바는 '악의 축'이다! 모두 한 패거리로 미국에 해를 끼치는 나쁜 나라들이라는 것이다. 그런데 부시가 말한 악의 축에 속하는 이라크와 이란은 철천지원수 사이이다. 북한과 쿠바는 동맹 관계지만 너무 멀리 떨어져 있다. 게다가 시리아는 다른 나라들과 무슨 관계가 있단 말인가.

하지만 위기에서 벗어나고픈 사람들은 명백한 사실 앞에서도 눈을 감아버린다. 그들은 보고 싶은 것만 보고 듣고 싶은 것만 듣는다. 이렇게 진실은 사라지고 세상은 혼란에 빠진다. 사회운동가인 제이슨 델 간디오의 설명이다. 가짜 뉴스가 판을 치는 이유도 여기에 있겠다.

책 소개에서도 비슷한 일이 벌어진다. 서가에는 큰돈을 버는 방법을 알려주겠다는 재테크 책, 꼬인 사회생활을 당장 풀어줄 지혜를 담았다는 제목의 책들이 넘쳐난다. 이런 모습이 과연 바람직할까? 내가 쓴 글이 관심을 받고 세상의 인정을 받는 일은 중요하다. 그러나 '정직함'이야말로 좋은 글의 기본이다. 세상이 마땅히 들어야 할 정보와 지혜를 제공해야 한다는 의미다. 그렇다면 올곧으면서도 호소력 있는 글을 쓰기 위해 어떻게 해야 할까?

나는 누가 읽을 글을 쓰고 있는 걸까?

모든 글에는 독자가 있다. 나만 잘 쓴다고 남들이 인정해주는 글이 되지는 않는다. 왜 내가 쓴 독서 기록은 상을 받지 못할까? 왜 아무도 내가 블로그에 올린 책 소개에 눈길을 주지 않을까? 이런 고민으로 잠자리를 뒤척이고 있다면 스스로에게 물어볼 일이다. "나는 누구에게 책 소개를 하고 있을까?"

모든 글에는 독자가 있다. 구체적으로 누가 읽을지를 염두에 두고 쓰지 않은 글은 주소 없이 보내는 편지와도 같다. 책 소개를 심사위원들에게 보낸다면, 그들이 무슨 기준으로 글을 고를지를 먼저 가늠해보아야 한다. 예컨대 도서관 이용자에게 책을 권할 때 필요한 글과, 간명한 내용 정리를 원하는 직장인을 위한 서평의 평가 잣대가 같을 리 없다.

블로그에 글을 올릴 때도 어떤 사람들이 내가 소개할 책에 관심을 가질지를 먼저 고민해보라. 주요 독자층이 내용 요약을 원하는 학생들인지, 알기 쉬운 해설을 바라는 대학생인지, 다른 독자들의 감상과 의견이 궁금한 사람들인지를 생각해보라.

누구를 겨냥해서 책을 소개하는지에 따라 글의 방향과 성격은 달라진다.

매체의 성격에도 신경을 써야 한다. 똑같은 내용이라도 글로 읽을 때와 귀로 들을 때는 다르게 다가온다. 글도 화면으로 볼 때와 종이의 활자로 읽을 때의 느낌이 다르다. 화면에서도 스마트폰과 컴퓨터 모니터에 뜬 글에는 저마다의 호흡이 있다. 지면의 특징과 거기에 익숙해진 독자의 특징을 염두에 두어야 한다. 예컨대 화면으로 볼 때는 종이로 읽을 때보다 지적 호흡이 짧다. 종이로 옮겨지지 않을 글이라면 촘촘하고 자세하게 쓰기보다, 되도록 짧고 속도감 있게 구성하는 편이 좋다.

음식의 맛을 내려면 무엇보다 재료가 싱싱해야 한다. 책 소개도 마찬가지다. 독자의 관심을 끌고 싶다면 '펄떡거리는 시사 이슈'에 대한 책이 좋겠다. 이슈에 대한 혜안을 주는 책은 언제나 눈길을 사로잡는다. 여기에 2퍼센트 색다른 나만의 해석을 덧붙인다면 더없이 좋은 독서 기록이 된다.

게다가 두껍고 어려운 책에 대한 독서 기록은 더더욱 눈길을 끌 것이다. 꼭 읽어야 하는 책이지만 제대로 보기에는 시간과 노력 투자가 만만치 않은가? 이럴 때 사람들은 알기 쉽게 요약된 책 소개를 찾기 마련이다. 좋은 독서 기록으로 인정받고 싶다면, '두껍고 어렵지만 꼭 읽어야 할 책'에 눈길을 주어보자.

또한 한 편의 글에 책의 모든 내용을 다 담을 필요는 없다.

좋은 책 소개는 불필요한 부분을 걷어내고 고갱이만을 추려 알려준다. 내용 소개는 자신이 가장 인상 깊게 읽었던 부분에 초점을 맞추는 게 좋겠다. 자신이 별 감동을 받지 못했다면 남의 마음을 움직이기도 어렵기 때문이다. 물론 책의 핵심이 무엇인지는 독자에 따라 달라지기도 한다. 예상 독자가 어느 부분에 관심을 가질지를 유념하며 책의 내용을 간추려야 한다.

색다르거나 새로워야 관심을 끈다

펄떡거리는 살아 있는 이슈와 동떨어진 책을 소개해야 할 때도 많다. 《춘향전》, 《로빈슨 크루소》 같은 고전이 그렇다. 훌륭한 요리사는 식상한 재료로도 색다른 맛을 끌어낸다. 좋은 서평가도 그렇다. 훌륭한 책 소개는 누구나 할 만한 소리를 늘어놓지 않는다. 어떻게 해야 사람들의 굳어진 생각과 평가를 깰지를 궁리해보자.

영화 〈방자전〉은 이몽룡이 아닌 방자의 눈으로 《춘향전》을 다시 바라본다. 프랑스 작가 미셸 투르니에의 《방드르디, 태평양의 끝》은 우리에게 익숙한 로빈슨 크루소의 스토리를 흑인 노예 '프라이데이'를 주인공으로 삼아 뒤집는다. 독서 기록도 이와 같아야 한다. 시대가 바뀌면 고전에 대한 해석도 달라지기 마련이다.

갑남을녀에 대한 비판은 사람들의 관심을 좀처럼 끌지 못한다. 반면 잘 알려진 대가에 대한 도전은 눈길을 잡아끈다. 주목받고 싶다면 널리 알려진 고전이나 베스트셀러에 대한 비판적 글쓰기로 승부수를 걸어볼 수도 있겠다. 물론 존경받는 작가에 대한 어설픈 공격은 스스로의 품위를 떨어뜨리는 일이다. 대작을 소개할 때는 나만의 색다른 해석은 무엇인지, 과연 독자가 고개를 끄덕일 만큼 설득력 있게 주장을 펼치는지를 끊임없이 살펴보아야 한다.

세상은 넓고 읽을거리는 차고 넘친다. 정보와 주장이 홍수처럼 쏟아지는 세상, 나의 목소리가 묻히지 않으려면 두 가지를 놓치지 말아야 한다. 색다른 정보를 주거나, 새로운 시각을 주거나.

이 두 가지 가운데 어느 것도 없는 독서 기록은 아무도 주목하지 않는다. 모든 글에는 독자가 있다. 글을 쓰는 데 정신을 모으기 전에, 독자가 무엇을 바랄지를 충분히 검토해볼 일이다.

낱말 하나가
글 전체의 느낌을 바꾼다

《다른 세상은 가능하다》

독서 기록 가이드

글쓰기에서 PC(political correctness, 정치적 올바름)는 점점 중요해지고 있습니다. 자기 글에 혐오나 차별이 스며들지 않았는지 꼼꼼하게 살펴보세요. 이번 독서 기록에는 올곧은 단어 사용법에 대한 핵심 설명이 담겨 있으니 찬찬히 읽어보시기 바랍니다.

'외국인 불법 이주 노동자'와 '미등록 노동자'는 어감이 아주 다르다. 둘 다 '허가받지 않고 일하는 다른 나라 사람'을 뜻하는 말이다. '동성 결혼'과 '호모들의 결혼'은 또 어떤가. 동성을 '호모'라고 바꿔 말하는 순간, 머리카락이 쭈뼛 설지도 모르겠다. 이처럼 어떤 단어를 선택하느냐에 따라 느낌과 생각이 전혀 다른 방향으로 틀어지곤 한다.

언어는 공평하지 않다. 예를 들어 'N-언어N-word'는 미국에서 흑인을 낮추어 부를 때 쓰는 말이다. '니거Nigger', '깜둥이' 등등 피부색이 어두운 사람들을 경멸하는 말은 너무나 많다. 반면 백인을 무시할 때 쓰는 낱말은 얼마나 있을까? 'cracker', 'whitey', 'honkey' 등이 있지만, '니거'나 '깜둥이'가 주는 어감만큼 강렬하지 않다.

성별을 두고 벌어지는 언어 차별은 더 심각하다. 말만 놓고 본다면, 여성은 남성에 붙어사는 존재처럼 보인다. 'wo/man', 'fe/male' 등등. 영어 단어들은 대부분 남성을 중심에 놓고 여성을 뜻하는 말을 붙이는 식이다. 우리말도 별다르지 않다. 출제자, 관리자 등 직위를 의미하는 '-자者'는 남자를 뜻하지 않던가. 불공평한 언어는 차별과 억울함으로 가득한 세상을 만든다. 그렇다면 어떻게 해야 제대로 된 언어를 만들고 쓸 수 있을까?

제이슨 델 간디오의 《다른 세상은 가능하다》는 새로운 단어를 만드는 기술을 일러준다. 예컨대 1960년대 히피 운동을 이끌었던 에비 호프만은 '우드스톡 나라Woodstock nation'라는 말을 내놓았다. 우드스톡은 '경쟁보다 협동을 앞세우는 나라이며, 재산이나 돈보다 더 좋은 것이 있다고 믿는 나라'다. 우드스톡이라는 말을 들으면 히피들이 꿈꾸던 공동체가 구체적으로 다가온다.

이름도 마찬가지다. 권투 선수 무하마드 알리의 원래 이름은 카시우스 클레이Cassius Clay였다. 이슬람식으로 이름을 바꾼 순간, 알리의 정체성은 좀 더 분명해진다. 흑인 인권운동가였던 맬컴 엑스도 자신의 원래 이름 맬컴 리틀Malcolm Little을 버렸다. 백인들은 흑인 노예의 주인이었다. 그들이 붙여주던 이름을 여전히 쓰고 있다면, 흑인들은 노예의 이미지에서 벗어나기 어려울 것이다. 맬컴 엑스의 생각은 그랬다.

하지만 차별이 없는 새로운 낱말을 만들어 쓰는 것은 아주 어렵다. 사람의 생각은 쉽게 바뀌지 않기 때문이다. 생각과 언어는 '현실 창조의 5단계'를 거치며 굳어진다. 첫 단계는 '교류'다. 사람들끼리 만남이 시작되는 순간을 말한다. 두 번째 단계는 '시간과 유형pattern'이다. 교류가 오래되다 보면 나름의 규칙이 관계 속에 자리 잡게 된다.

이렇게 뿌리 내린 '유형'은 어느덧 세 번째 단계인 '사회 규범'으로 굳어진다. '여자는 조신해야 하고, 남자는 적극적이고 당당해야 한다'는 믿음이 여기에 해당한다. 사람마다 생각과 입장이 다르기 마련이다. 그럼에도 네 번째 단계인 '입장'은 무시되기 일쑤다. 그리고 마지막 '망각'의 단계를 통해 비합리적인 습관은 절대 바꿀 수 없는 법칙처럼 굳어져버린다. 이제 사람들은 더 이상 왜 그래야 하는지를 묻지도 따지지도 않는다.

그렇다면 어떻게 해야 세상이 바뀔까? 제이슨 델 간디오는 스스로를 급진주의자라 부른다. 급진주의자는 '중심 없는 세계', '반권위주의 세계', '급진민주주의 세계'를 꿈꾼다. 한마디로 누구도 억눌리지 않고 평등하고 자유로운 세계를 뜻한다. 《다른 세상은 가능하다》는 이런 세상을 만들기 위한 여러 가지 언어 기술을 일러준다. 변화를 바라는 이들이 꼭 읽어볼 만한 수사학 교과서라 하겠다.

2

세련되게 주장을 펼치고 싶을 때

사례가 주는 힘

뛰어난 과거 답안의 조건

조선시대에 과거시험에 합격하는 것은 무척 어려운 일이었다. 시험장에는 전국에서 온 수만 명의 선비가 몰려들었다. 이 중 최종 합격자는 고작 33명뿐이었다. 게다가 과거는 보통 3년에 한 번 있었다. 본고사격인 대과大科를 치르기 위해서는 먼저 소과小科를 통과해야 했다. 소과에 합격한 사람은 생원이나 진사라고 불렸다. 생원과 진사가 되는 인원도 200명에 지나지 않았다. 그러니 군郡마다 생원과 진사가 나오는 경우가 10년에 한 명 될까 말까 할 정도였다. 지금의 명문대 입시에 견주어도 훨씬 어려운 시험이었던 셈이다.

합격선이 올라가면 답안의 수준도 같이 높아진다. 실제로 선비들은 자기 글을 모은 문집에 과거 답안지인 과문科文을 싣곤 했다. 과거 답안지가 평생 자랑으로 여길 만큼 좋은 글이었던 셈이다. 그렇다면 선비들은 과문을 어떻게 작성했을까?

과문을 쓰는 방법은 정해져 있었다. 먼저 배경지식이 중요했다. 지금의 논술고사처럼 과거시험 답안에도 '지식의 폭과 깊이'가 오롯이 드러나야 좋은 점수를 받았다. 과거는 관리를 뽑는 시험인 만큼, 시험문제인 책문策問에서는 당시 국정 현안을 물었다. 예컨대 청나라와 한판 대결을 벌여야 했던 인조 임금은 "정벌이냐 화친이냐"라는 문제를, '국가 개조'에 매달렸던 명종은 "관리 사회를 어떻게 개혁해야 하는가?"라는 문제를 제출했다.

과거 응시자들은 이 물음들에 직접 답을 내놓지 않았다. 적절한 역사의 사례를 들면서 에둘러 논리를 펼쳤다. 중종 임금 때 문신 임숙영은 이렇게 답안을 시작한다. "저는 《춘추春秋》에서 이런 글을 보았습니다. '기나라의 백희伯姬가 노나라에 와서 며느릿감을 구했다.'"

당시는 왕비의 친척들이 정치를 쥐락펴락하던 때였다. 나라의 핵심 과제를 묻는 질문에 임숙영은 직접적으로 "외척外戚을 잘 단도리하십시오"라고 말하지 않는다. 왜 기나라의 권력자가 노나라에 와서 며느리를 얻었겠는가? 뜻을 새겨보면 답은 금세 드러난다. 처가 식구들에게 휘둘리지 않기 위해서다.

선비처럼 부드럽게 주장하는 법

이처럼 선비들은 적절한 역사적 사례를 들어 대책을 내놓곤 했다. 이 점은 책문에서도 마찬가지다. 책문에는 문제와 함께 긴 제시문이 붙곤 했다. 세종은 논제의 제시문에서 역사적인 사례들을 풀어서 들려준다. 이런 식이다. “한나라 문제文帝는 신하의 건의를 받아들여, 높은 관리에게는 형벌을 가하지 않았다. 하지만 이 때문에 도리어 대신이 모함을 당해도 하소연할 수 없는 처지에 놓였다.”

이렇듯 책문에서도 현실의 고민을 직접 드러내지 않는다. 신하들이 왕권에 어디까지 간섭할지를 대놓고 말하기는 어렵다. 이를 직접 다루기보다, 비슷한 역사적 사례를 인용해 논의를 펼친다고 해보자. 분위기가 훨씬 부드러워질 것이다. 왕에게 불리한 주장을 펼친다고 해도 걱정할 게 없다. 과거의 일을 평가했을 뿐, 지금 왕을 공격한 것은 아니기 때문이다. 문제를 내는 사람과 답안을 쓰는 사람 모두에게 마음의 짐을 덜어주는 셈이다.

선비들은 자기주장을 직접 내놓기보다, 역사적 사례를 끌어와 논리적으로 설득한다. 선비들은 현재 직면한 문제에 대한 해법을 직접적으로 제시하는 대신 다양한 사례를 여러 곳에서 끌어들였다. "묻기를 좋아하고 일상적인 말을 잘 돌아보았던 순임금처럼 살피시고, 좋은 말을 들으면 절을 했던 우임금처럼 잘못을 간하는 사람을 존중하셔야 합니다." 앞서 임숙영의 결론은 이랬다. 자기주장을 직접 펼치기보다, 과거에서 '모범답안'을 찾는 식이다. 이처럼 과문 속에는 현실의 고민이 역사적인 사례에 담겨 폭넓게 펼쳐지고 있다.

사례와 현실 문제를 연결하라

과문을 쓰는 방법을 독서 기록에도 적용해보면 어떨까? 독자들의 흥미를 불러일으키려면 어떻게 해야 할까? 사람들은 책에서 지금의 고민을 풀어줄 지혜를 찾고 싶어 한다. 그래서 대개 언론의 서평란에서는 책을 '시사 이슈'에 엮어 소개하곤 한다. 남북 관계가 험악할 즈음에는 카를 폰 클라우제비츠의 《전쟁론》 같은 전략과 전술에 대한 책을 안내하는 식이다.

하지만 시사적인 문제는 오히려 책에 대한 관심을 떨어뜨리기도 한다. 여기저기서 다들 시끄럽게 떠들어대는 문제가 새삼스럽게 다가올 리가 없다. 많은 기사와 글에 묻혀 나의 책 소개는 제대로 눈에 띄지 않을 수 있다.

이럴 때 적절한 역사적 사례를 끌어들이면 어떨까? 과문에서 하듯이 말이다. 세상이 입시제도 때문에 시끌시끌하다고 해 보자. 사람들은 누구나 할 만한 소리에는 좀처럼 관심을 주지 않는다. 그래서 현행 입시 교육의 문제를 지적하며 율곡 이이의 《격몽요결》을 소개하면 맥이 빠질 수밖에 없다. 역사적 사례를 끌어들일 때는 어떨까? 유럽의 계몽주의자들은 중국의 과거제도를 '철인哲人이 다스리는 이상적인 나라의 인재 선발 방식'으로 꼽았다고 한다. 이렇듯 재밌는 역사 이야기를 글머리에 내세워보자. 그다음에 우리의 입시제도와 과거시험을 견주며, 《격몽요결》을 소개하는 순서로 글을 작성한다. 옛이야기에 끌린 독자의 호기심은 자연스럽게 《격몽요결》로 이어질 것이다.

본격적으로 책 소개를 할 때도 마찬가지다. 책 전체를 요약하려 해서는 안 된다. 글머리에서 이야기한 역사적 사례와 거기에 맥이 닿아 있는 현실의 문제, 이 둘에 집중해야 한다. 책에서 독자의 고민을 풀어줄 만한 내용만 뽑아 명쾌하게 일러주라는 뜻이다.

논술 답안과 독서 기록에는 공통점이 있다. 둘 다 독자의 흥미를 일깨우고 색다른 깨달음을 주어야 좋은 평가를 받을 수 있다. 조선시대판 논술 시험 답안지인 과문은 전국에서 뽑힌

33명의 최고 엘리트가 작성한 답안지다. 그만큼 글에는 색다르고 강렬한 무엇이 있다. '옛것을 통해 새것을 배운다'는 온고지신의 가르침은 독서 기록 쓰기에서도 통하는 진리다.

에둘러 가는 길이 더 빠를 때가 있다

《책문, 시대의 물음에 답하라》

독서 기록 가이드

강한 주장은 강한 반발을 부르기도 합니다. 그래서 상대가 내 말을 받아들일 준비가 되어 있지 않을 때는, 에둘러 전하는 편이 낫습니다. 왕이 '독자'인 답안지를 쓰는 선비들은 '돌려 말하기의 명수'였습니다. 이번 독서 기록을 읽으며 돌직구보다는 부드러운 커브볼로 생각을 전하는 기술을 접해보시기 바랍니다.

조선의 과거제도는 지금의 명문 대학 입시와 묘하게 닮았다. 오늘날 1차 시험격인 수능과 내신에서는 지식을 얼마나 쌓았는지를 본다. 논술과 면접은 2차 시험격이다. 여기서는 얼마나 깊고 넓게 생각을 닦았는지에 따라 당락이 가려진다.

조선의 과거제도도 그랬다. 자격시험격인 소과는 생원시와 진사시로 나뉘었다. 생원시에서는 유교 경전을 얼마나 많이 외웠는지를 따졌다. 진사시에서는 글 쓰는 방법을 제대로 익혔는지를 보았다.

소과에 합격해야 비로소 대과를 볼 수 있었다. 대과 시험을 통과한 후에는 임금 앞에서 직접 치러지는 전시가 있었다. 전시에서는 대부분 '대책對策'이라는 논술 시험을 보았다. 때에 따라서는 왕이 직접 최종 합격자들에게 질문을 던지기도 했다. 논술과 함께 '구술고사'도 치렀던 셈이다.

시험문제는 대개 임금이 직접 냈다. "지금 가장 시급한 나랏일은 무엇인가?"(광해군), "나라를 망치지 않으려면 왕은 어떻게 해야 하는가?"(명종), "교육이 가야 할 길은 무엇인가?"(명종) 등등.

왕이 문제를 냈으니 답안지의 '독자'도 임금이다. 임금의 귀에 거슬리는 말을 함부로 했다간 무슨 일을 당할지 모른다. 그래서 답안지인 '책문'을 쓰는 선비들은 목숨을 걸어야 했다. 답안 첫머리에 흔히 보이는 "보잘것없는 저희를 시험장에 불러, 조금이나마 나라에 도움이 될 말을 들으려 하시니 죽을 각오를 하고 말씀드리겠습니다"라는 표현은 빈말이 아니었다.

그렇다고 과거 응시자들이 함부로 의견을 펼치지는 않았다. 유생儒生들은 성현의 말씀이나 역사에 빗대어 부드럽게 말을 돌렸다. 예를 들어보자. "지금 가장 시급한 나랏일은 무엇인가?"라는 광해군의 물음에 임숙영은 이렇게 답했다. "나라의 병은 왕 바로 당신에게 있습니다." 옆에서 듣던 사람도 가슴이 철렁할 만큼 큰일 날 소리다.

물론 임숙영은 이 말을 대놓고 하지는 않았다. 공자가 지은 《춘추》를 인용하며 짐작하게 할 뿐이다. "저는 《춘추》에서 세습 관직에 있는 사람을 정식 이름이 아니라, 아무개의 아들이라는 식으로 '잉숙仍叔의 아들'이라 기록한 것을 보았습니다. 사사로운 정에 이끌려 공정하게 선발하지 못했음을 비판하려고 이렇게 적은 것입니다."

임숙영이 정말 하고 싶은 말은 따로 있었다. 실력이 아니라 인맥으로 관리를 채용하는 현실을 따지고 싶었던 것이다. 그럼에도 역사적 사실을 앞세우기에, 비판은 훨씬 부드러워진다. 자신은 역사 문제를 들추어볼 뿐, 지금의 민감한 사안을 건드리지 않는다는 식이기 때문이다. 하지만 대놓고 말하지 않아도, 읽는 사람은 글의 의도를 알아차리게 된다.

조광조의 답안 또한 눈여겨볼 만하다. "그대가 공자라면 어떻게 정치를 하겠는가?"라는 중종의 물음에 그는 이렇게 답했다. "임금께서 하늘의 도道를 밝히고, 혼자 있을 때 조심하는(근독謹獨) 마음을 잃지 않으시면 됩니다." 이 말은 《논어》에서 공자가 했던 말이다. 왜 조광조는 임금도 이미 알고 있을 소리를 굳이 다시 했을까?

조광조는 '임금이 원칙과 소신을 가져라'라고 말하고 싶었다. 자잘한 일상 업무는 관리들에게 맡기고 말이다. 윗사람이 큰 줄기를 잡아주면 일은 쉽게 풀려나가게 되어 있다. 이 말을 있는 그대로 왕에게 하면 어떻게 될까? 왕의 잘못을 대놓고 지적하기란 쉽지 않다. 체면을 구긴 임금이 쉽게 잘못을 받아들일 리 없다.

지식과 교양이 부족하다면, 이렇게 부드럽게 우회하는 답안을 쓰기 어렵다. 또한 읽는 사람도 상당한 수준이 되어야 답안의 깊은 의미를 잡아낼 수 있다. 《책문, 시대의 물음에 답하라》를 읽다 보면 우리의 입시 논술 시험이 안타깝게 다가온다. 과연 지금의 입시 논술은 '유능한 인재'를 가려내고 있을까? 이 물음에 가슴이 답답해진다면 《책문, 시대의 물음에 답하라》를 읽어볼 일이다.

3

요약문도 '내 글'이다

개성 있게 요약하기

쉽고 분명해야 좋은 요약이다

독서 기록에서는 내용을 간추리는 일이 빠질 수 없다. 책의 얼개와 핵심부터 짚어주어야 제대로 된 글이 되지 않겠는가. 하지만 책의 고갱이를 '객관적으로' 추려내기는 어렵다. 분량이 많고 내용이 산만한 경우는 더욱 그렇다. 눈이 팽팽 돌 정도로 어려운 책은 말할 것도 없다.

산은 어디서 보느냐에 따라 모양이 달라진다. 책도 마찬가지다. 무엇에 신경 쓰며 읽느냐에 따라 책의 내용이 다르게 다가온다. 요약이 어려운 이유는 여기에 있다. 그렇다면 어떻게 해야 제대로 요약을 해낼 수 있을까?

먼저, 요약은 쉽고 누구나 이해할 수 있어야 한다. 요약한 글이 원래 책보다 더 어렵다면 독자가 뭐 하러 힘들여 읽겠는가. 하지만 요약을 하는 나조차 책을 이해하기 어려운 경우가 있다. 이럴 때는 어떻게 해야 할까?

잘 모르는 상태에서 쓰는 글은 어렵고 내용도 엉성하다. 도무지 이해가 안 되는 부분은 요약에서도 다루지 않는 것이 좋다. 자신이 확실하게 이해한 내용만으로 글의 얼개를 잡아보자. 터널을 뚫을 때는 첫 구멍을 내기가 가장 힘들다. 좁더라도 끝까지 구멍을 뚫고 그런 다음에 조금씩 터널을 넓혀가면 된다. 독서도 다르지 않다. 한 번 봐서는 이해가 되지 않는 책인가? 그래도 일단 끝까지 훑어보자. 확실하게 알아들은 내용을 중심으로 두 번 세 번 다시 읽는다. 세 번쯤 읽고 나면 책의 핵심이 잡히기 마련이다.

그래도 전혀 갈피를 못 잡겠다면? 답은 둘 중의 하나다. 내 수준에 맞지 않는 책이거나, 저자가 글을 못 쓰는 사람이거나. 세 번 읽고도 이해하기 어려운 책이라면 독서 기록에서 다루는 데 문제가 있다. 그럼에도 억지로 써야 할 때가 있다. 학생이라면 독서 과제물, 전문 필자라면 원고 마감인 경우가 그렇겠다. 이럴 때의 막막한 심정은 어찌해야 좋을까?

요약에도 우선순위가 있다

독서 기록의 생명은 '정직'에 있다. 모르는 부분을 아는 척 두루뭉술하게 풀어내서는 안 된다. 중요한 것 같긴 한데 무슨 말인지 모르겠다면 그 부분은 과감하게 빼버리자. 그리고 자신이 이해한 내용만으로 책을 간추려보라. 물론 요약하면서도 걱정이 끊이지 않을 것이다. 알맹이는 빠뜨린 채 엉뚱한 방향으로 책을 추려내지는 않았을까? 내용 없이 변죽만 울리는 요약 글이 되지는 않을까? 등등.

그러나 산의 다양한 모습을 그대로 담을 수 있는 사진은 세상에 없다. 요약도 마찬가지다. 책 전부를 담아낼 수는 없다. 나에게 보이는 만큼만, 내가 이끌어나갈 수준으로만 책을 소개해도 충분한 요약이 된다. 무엇보다 자신감을 갖고 내가 이해한 내용만큼은 분명하게 설명하겠다는 자세가 중요하다.

내용이 산만한 책은 어떻게 할까? 장마다, 꼭지마다 주제가 다른 글은 요약하기가 어렵다. 섣불리 글 전체를 담으려 했다가는 요약문까지 산만해질 수 있다. 요약은 축약이 아니다. 부피만 줄여놓았다고 요약은 아니라는 뜻이다. 요약에 무엇을 담고 무엇을 버릴지 내용들 사이에 우선순위를 매겨보자. 요약에서는 자신이 중요하다고 생각하는 부분을 중점적으로 다루어야 한다. 그렇지 않은 내용은 한두 문장으로 처리하거나 아예 빼버리자. 혹은 "이 밖에 ~도 살펴볼 만한 내용이다"라는 식으로 간단히 언급하는 정도로 끝내는 게 좋다.

요약은 책을 쓴 작가의 글이 아닌 독자인 '나의 글'이다. 나의 눈과 나의 관점으로 책을 바라보고 새롭게 쓴 글이다. 책에서 어느 부분을 중요하게 읽었는지, 이를 어떻게 살려내는지는 내게 달려 있다. 요약에도 쓰는 이의 개성이 살아 있는 이유다.

요약할 때 흔히 저지르는 실수

요약 글의 얼개를 짤 때도 마찬가지다. 요약이라 해서 책의 순서를 그대로 따라갈 필요는 없다. '성웅聖雄 이순신'을 예로 들어보자. 이순신을 다룬 영화나 책은 숱하게 많다. 그러나 모든 작품이 영웅이 태어난 순간부터 죽을 때까지의 전 과정을 순서대로 그리지는 않는다. 또한 이순신의 삶을 '가장 객관적으로' 보여주었다고 해서 최고의 작품으로 평가받지도 않는다. 좋은 작품인지 아닌지는 보는 이에게 얼마나 큰 감명을 주느냐에 따라 정해진다. 요약도 그렇다. 자신이 책을 받아들인 방식대로, 가장 효과적이라고 생각되는 짜임새에 따라 새롭게 책을 소개해야 한다.

그렇지만 요약은 결국 '책 소개'라는 점을 잊어서는 안 된다.

무게중심은 어디까지나 '내 생각'이 아니라 요약할 '책'에 있다. 피붙이들 사이에는 이른바 '가족 유사성family resemblance'이 있다. 생김새는 모두 다르지만 가족끼리는 어딘가 비슷한 점이 있다는 뜻이다. 요약도 다르지 않다. 책은 사람마다 제각각 다르게 읽지만, 작가의 원래 의도는 여러 요약 글 속에 공통으로 드러나기 마련이다. 책의 알맹이는 사라지고 읽은 이의 개성만 드러나는 요약은 오독의 결과일 따름이다. 오류는 잘못일 뿐 절대 개성이 될 수 없다.

요약을 제대로 하고 싶다면 책을 읽을 때부터 다음 두 질문을 가슴에 담고 있어야 한다. "이 책에서 작가가 전하려는 바는 무엇인가?" "독자들이 이 책에서 절대 놓치지 말아야 할 내용은 무엇일까?" 요약 글을 퇴고할 때는, 이 두 질문에 대한 만족할 만한 답이 들어 있는지를 살펴보라.

'다이제스트digest.' 요약을 뜻하는 영어 단어다. 이 말에는 '소화하다'라는 뜻도 있다. 책 내용을 제대로 소화해서 쓴 글은 부드럽고 수월하게 읽힌다. 어니스트 헤밍웨이는 작가가 되고 싶다면 많이 듣고 많이 읽으라고 조언했다. 그렇게 받아들인 내용을 자기 문장으로 표현할 수 있어야 한다. 이때 요약은 '읽기'와 '쓰기'를 함께 익히는 가장 좋은 방법이다. 나만의 생각은 제대로 된 이해 속에서 피어난다. 작가의 의도와 요약한 사람의 개성이 함께 살아 있어야 좋은 요약 글이다.

불필요한 말은 빼고
필요한 말만 하라

《헤밍웨이의 글쓰기》

독서 기록 가이드

헤밍웨이가 글쓰기에 대해 한 말을 모은 책입니다. 독서 기록에서는 뻔한 내용은 빼고, '헤밍웨이만 할 수 있는 말'들을 담아야 합니다. 사람들이 이 책을 읽는 이유는 '헤밍웨이의 말'을 듣고 싶어서이니까요. 이 글에서도 헤밍웨이의 목소리가 느껴지는지 가늠해보세요.

"불필요한 단어는 찾아볼 수 없고, 필요한 말은 빠진 게 없다." 헤밍웨이의 작품에 늘 따라다니는 평가다. 헤밍웨이는 레프 톨스토이에 견줄 만한 위대한 작가다. 《헤밍웨이의 글쓰기》는 작가로서의 그의 면모를 오롯이 보여준다. 물론 헤밍웨이는 글쓰기에 대한 책을 따로 쓴 적이 없다. 이 책은 《아프리카의 푸른 언덕》, 《오후의 죽음》 등 여러 소설과 편지들에서 글쓰기에 관한 그의 생각을 간추린 것이다.

운동선수는 하루도 몸 만들기를 거르지 않아야 한다. 작가도 마찬가지다. 작가는 '글 쓰는 몸'을 만들기 위해 매일같이 노력한다. 헤밍웨이에 따르면, 작가는 외로움을 달고 사는 직업이다. 반면 이름을 알린 작가들 주변에는 사람들이 끊이지 않는다. 북적이는 일상이 글쓰기에 좋을까? "(넓은 인간관계로) 작가의 공적인 위상은 올라가지만, 작품의 질은 종종 떨어지곤 한다." 사람들과 어울리다 보면 마음이 쉽게 흔들린다는 뜻이다. 그러니 작가라면 글 쓰는 일에만 전념해야 한다.

헤밍웨이는 하루에 써야 할 원고 분량을 '400~600개 단어'로 정해놓기까지 했다. 제아무리 천재라도 꾸준히 노력하는 사람을 이길 수는 없다. 헤밍웨이는 늘 글 쓰는 상태를 유지하려고 애를 썼다.

헤밍웨이는 어디서 글의 소재를 찾았을까? "쇠를 두드려서 칼을 만들듯, 작가는 부당한 일에 단련이 되어 만들어진다." 시베리아 유배 경험이 도스토옙스키라는 위대한 작가를 낳았다는 식이다. 헤밍웨이는 자신의 경험을 소중하게 여겼다. 그리고 이를 작품에 살려내기 위해 매일 생각을 벼려내었다. "나는 그 이층 방에서 내가 알고 있는 것 한 가지에 단편 하나씩을 쓰기로 결심했다."

단순히 경험만으로 작품이 만들어지지는 않는다. 작가는 이를 살려내기 위해 꾸준히 애를 써야 한다. "오늘 어떤 일이 있었는지 살펴보게. (…) 물고기가 뛰어오르는 모습을 보고 짜릿함을 느꼈다면 어떤 움직임이 그런 감정을 일으켰는지 알아낼 때까지 계속 돌이켜보게. (…) 그 감정을 일으켰던 것이 무엇인지 찾아내고 자네를 흥분시켰던 것이 무엇인지 알아내라는 말일세. (…) 그런 다음엔 독자들도 그 장면을 보고 자네가 느꼈던 것과 똑같은 감정을 느낄 수 있도록 정확하게 그 장면을 써내려가는 거야. (…) 그것은 피아노의 다섯 손가락 훈련과 같은 걸세."

헤밍웨이는 이런 노력도 완벽한 작품을 만들기에는 부족하다고 여겼던 모양이다. 그는 책 한 권을 탈고하고 나면 감정적으로 탈진 상태가 되는 지경까지 가야 한다고 주장했다. 그렇지 않다면 자신의 감정이 독자들에게 충분히 전달되지 않을 것이라고 여겼다. 이쯤 되면 헤밍웨이는 작가라기보다는 용맹정진하는 선사禪師 같다는 생각이 든다. 어느 분야든 최고끼리는 통하는 법이다.

헤밍웨이는 문장 쓰기에서도 확고한 잣대를 갖고 있었다. "게티즈버그 연설문이 짧은 것은 우연이 아니지요. 글쓰기의 법칙은 수학, 물리학, 비행의 법칙처럼 변하지 않는답니다." 그는 군더더기 있는 문장을 아주 싫어했다. 그는 평생 '복잡한 무늬와 장식들을 잘라낸 단순하고 진실한 문장'을 쓰려고 했다.

"돈이 되든 안 되든 행복해지기 위해서 글을 써야 합니다. 이

건 선천적인 병이지요. 나는 글쓰기가 좋아요. (…) 이제는 지금까지 글을 써왔던 그 누구보다 잘 쓰고 싶습니다. 그래서 글쓰기가 집착이 되어버렸어요." 이제 헤밍웨이는 '글쓰기 중독자'처럼 보이기까지 한다. 그러나 천재들의 세계에서 '미쳐야 미친다'는 말은 언제나 진리다. 《헤밍웨이의 글쓰기》는 위대한 작가도 결국 노력과 열정에서 비롯됨을 잘 보여준다.

4

마음에 들지 않는 책에 대해 써야 할 때

균형 있게 비판하기

비판보다 이해가 먼저다

나는 그 책을 통독通讀했다. 그리고 쓰레기통에 던져버렸다.

철학자 강유원이 어느 일간지에 쓴 서평의 마지막 구절이다. 이 말은 21세기 초반, 독서가들 사이에서 논란을 일으켰다. 과연 그 책이 쓰레기통에 던져버릴 만큼 허접했는지, 그가 정말 제대로 내용을 이해했는지, 아무리 그렇더라도 너무 무례한 말은 아니었는지 등등.

논쟁은 오래전에 잦아들었지만, 이 말에 담긴 강유원의 자세만큼은 새겨볼 만하다. 비판하려면 제대로 이해부터 해야 한다. 무작정 소리부터 질러대는 사람은 추하다. 멱따는 소리에 고개를 끄덕일 사람은 거의 없다. 반면 낮고 정중하게 조목조목 따지는 목소리에는 귀를 기울이게 된다. 비판에 앞서 상대의 주장을 제대로 곱씹어야 하는 이유다.

독서 기록에 비판의 목소리를 담을 때도 마찬가지다. 손가락질하기 전에, 철저하게 읽고 제대로 이해하려고 노력해야 한다. 글머리에 인용한 문장에서는 이런 태도가 느껴진다. 논리학에는 '자비의 원리principle of charity'가 있다. 이는 상대의 주장이 옳지만, 내가 제대로 알아듣지 못하고 있다고 믿는 태도를 말한다. 내가 삐딱하게 책을 보고 있지는 않은지, 이해력이 부족해 책을 따라가지 못하는 건 아닌지 먼저 반성해볼 일이다.

세상에 100퍼센트 엉망인 책은 없다

이런 자세로 충분히 노력했는데도 책이 마뜩하지 않은가? 제대로 된 비판은 이때부터가 시작이다. 그래도 책과 저자를 싸잡아 공격하지는 말아야 한다. 세상에 100퍼센트 나쁜 사람은 없다. 100퍼센트 엉망인 책도 없다. 그랬다면 아예 책으로 인쇄되어 나오지도 못했을 것이다. 책의 어떤 부분이 마음에 안 드는지 갈래부터 잡아보라. 다음 질문이 도움이 된다.

- 첫째, 책의 내용은 과연 세상에 나올 만한 가치가 있는가? 우리 시대 사람들에게 깨달음이나 지식을 주는가?
- 둘째, 뚜렷한 주제와 메시지가 있는가? 새롭고 흥미로운가?
- 셋째, 논리가 탄탄하고 설득력 있는가?
- 넷째, 목차나 구성이 잘 짜여 있는가? 너무 산만하거나 부실하지는 않은가?
- 다섯째, 문투가 분명하고 이해하기 쉬운가? 감동을 줄 만큼 아름다운가?

물론 이 다섯 가지 질문에 모두 고개를 갸웃거리게 되는 책도 있다. 이런 경우에는 굳이 글을 쓸 필요도 없다. 책에 대한 평을 남기는 것 자체가 또 다른 쓰레기를 만드는 일이기 때문이다. 왁자지껄한 비판은 되레 별 볼 일 없는 책이 유명세를 타게 만든다. 예를 들어보자.

빨간 코끼리를 절대 떠올리지 마시오.

이 말을 듣고 빨간 코끼리를 떠올리지 않게 될까? 머릿속에서 이 문장을 지우려고 할수록 빨간 코끼리가 더욱 뚜렷하게 떠오른다. 비판도 마찬가지다. 비난이 거셀수록 책은 점점 더 대중의 관심을 받는다. 그러니 가치 없는 책에는 아예 의견을 내지 않는 편이 낫다.

모든 책은 좋은 점과 나쁜 점이 있다. 비판에 앞서 좋은 점은 인정해주는 편이 좋다. "~라는 주장은 인정할 만하다", "~라는 점에서 우리 현실에서 꼭 필요한 책이다"라는 식으로 말이다. 장점과 단점을 모두 짚어줄 때 비판을 하더라도 설득력이 훨씬 높아진다. 감정에 치우치지 않고 제대로 책을 평가했다는 인상을 주기 때문이다.

독자가 공감하게끔 비판하는 법

아울러 비판의 톤도 적절해야 한다. "이 책은 쓰레기와 다를 바 없다", "저자의 지식이 바닥임을 보여주고 있다" 같은 막무가내식 표현을 피하라는 뜻이다. 고래고래 소리 지른다고 내 주장이 더 그럴싸하게 들리지는 않는다. 사람들은 오히려 나를 무례한 사람으로 여길 뿐이다.

비판할 때는 "이런 점이 아쉽다", "~을 충분히 알고 있는지 의심스러운 대목이다" 등 저어하는 듯한 말투가 설득력이 높다. 배려가 담긴 주장에 마음이 가는 법이다. 또한 노골적으로 지적하기보다는 '논리적 토끼몰이'를 하는 편이 낫다. 나의 평가만 내세우지 말고, 독자 스스로 판단하도록 이끌어야 한다.

"그 남자는 파렴치하고 잔인한 남편이었다"라고 말하고픈 상황을 예로 들어보자. 이때는 남자를 향한 분노를 표출하기보다 자신이 왜 그를 증오하는지 설명하는 편이 낫다. "그는 늘 아내를 때렸으며, 자식이 아파도 관심이 없었고, 술에 절어 사는 데다가 도박과 사기를 밥 먹듯이 했다"라는 식으로 그 남자의 생활을 '객관적으로' 나열해보라. 사실 하나하나를 따라가다 보면 독자들도 내가 느끼는 분노의 감정을 똑같이 느끼게 된다. 반면 밑도 끝도 없이 "그 남자는 정말 나쁜 사람이에요!"라며 펄펄 뛰기만 하면 어떨까? 사람들은 대부분 공격하는 나보다는 뭔가 일방적으로 비난받는 듯한 그의 손을 들어준다.

책을 비판할 때도 마찬가지다. 점잖게 문제를 짚어주고, 안 좋은 부분을 조목조목 지적하는 편이 좋다. 나의 비판이 옳다면 독자는 나처럼 생각하게 되어 있다. 뛰어난 상인은 물건을 사라고 재촉하지 않는다. 손님이 스스로 사고 싶은 마음이 들도록 이끈다. 좋은 글도 그렇다. 대놓고 주장을 펼치기보다, 독자 스스로 느끼고 생각하게 만든다.

글의 세계에서는 목소리 큰 사람이 나긋한 사람을 이기지 못한다. 사람은 친절하고 사려 깊은 이에게 끌리기 때문이다. 의견보다는 증거가, 강한 어조보다는 조심스럽고 섬세한 말투가 설득력 있다. 책을 비판할 때는 이 점을 놓쳐서는 안 된다.

비판에 앞서,
'나라면 어떨까?'를 물어보라

《적을 만들지 않는 대화법》

독서 기록 가이드

특정한 기법을 구체적으로 일러주는 책을 소개할 때는, 저자가 알려주는 노하우와 기술만을 간명하게 소개해주는 편이 낫습니다. 독자들은 자신에게 필요한 부분을 빠르게 얻고 싶어 할 테니까요. 다음 독서 기록에서 저자인 샘 혼이 말하는 대화법의 중요한 포인트가 잘 다가오는지 살펴보세요.

병원에 입원한 할머니는 항상 짜증만 내신다. 하루라도 전화를 안 하면 당장 불호령이 떨어진다. 늘 불평불만을 입에 달고 계시니, 나도 마음이 편치 않다. 그러다가 나도 모르게 할머니에게 심한 말을 할 때도 있다. 이렇게 할머니와의 관계는 점점 꼬여간다. 이런 상황을 어떻게 바꿀 수 있을까?

대화 전문가 샘 혼은 갈등을 풀 비법을 일러준다. "나라면 어떨까?", "이 사람은 왜 이렇게 까다로울까?" 하고 스스로 물어보자. 내가 몇 달씩 병원 침대에 누워 있다면 어떨까? 말벗 하나 없고 가족의 연락도 뜸하다면? 온종일 섭섭하고 분한 생각만 들 것이다. 그러다가 누군가에게 전화가 오면 쌓였던 분노와 서운함이 한꺼번에 터지지 않겠는가.

대화의 기본은 상대를 이해하는 것이다. 벌컥 화를 내기 전에 "나라면 어떨까?" 하고 되짚어보자. 상대방의 상황을 알고 나면 이해 못할 행동에도 너그러워진다. 그래도 황당하고 화가 나는 경우가 있다. 룸메이트가 "너는 왜 방 청소를 '한 번도' 하지 않니?"라고 짜증 내는 경우가 그렇다. 매일 내가 방 정리를 했는데도 이렇게 억장 무너지는 소리를 해대면 어떻게 해야 할까?

이럴 때는 "무슨 말인지 설명해줄래?" 하고 차분히 물어보라. '한 번도', '절대로', '그 누구도' 같은 표현을 들으면 화가 치밀기 마련이다. 극단적으로 나를 몰아붙이는 표현인 탓이다. 이런 말을 하는 상대도 흥분한 상태일 듯싶다. 이럴 때는 한발 물러서는 편이 낫다. 화가 가라앉도록 시간을 끌라는 뜻이다.

"무슨 말인지 설명해줄래?"라는 물음은 세 가지 효과를 낳는다. 일단 물음 자체가 대꾸가 된다. 그리고 짜증이 바로 터져 나오지 않게 막아준다. 대답을 듣는 가운데 상대방의 진의를 알아내기도 한다.

룸메이트가 아침 내내 혼자 청소했다고 해보자. 그래서 서운하고 짜증이 난 것이라면 '3A'에 따라 대꾸해보자. "맞아, 너 혼자 아침에 청소하느라 힘들었겠구나"라며 일단 '동의agreement'해 준다. 그러곤 '사과apology'를 한다. "청소 못 도와줘서 미안해." 그러곤 "대신 내가 유리창을 닦을까?" 하고 마음을 풀어줄 만한 구체적인 '행동act'을 보여준다. 이런 식으로 대화를 이어가면 서로의 마음이 풀리기 마련이다. 화를 냈던 상대가 어느덧 사과를 할지도 모르겠다. 처음에 "그래도 방 정리는 내가 더 많이 했잖아!"라고 맞받았다면 대화가 더 꼬이기만 했을 것이다.

샘 혼은 '상황 규정짓기' 방법도 일러준다. 이는 상대의 욕구를 분명하게 말로 표현하는 기법이다. 그녀는 치과에 가기 싫어서 징징대는 아이를 예로 든다. 요령이 있는 의사는 아이를 이렇게 달랜다. 일단 "치과에 오기 정말 싫었지?", "당장이라도 뒤돌아서 도망치고 싶지?" 하고 아이의 속마음을 그대로 읽어준다. 상대의 바람이 뚜렷해지면 해결책도 쉽게 찾을 수 있다.

치료를 꼭 해야 하는 경우에도 "이를 안 뽑을 수는 없어"라며 잘라 말하는 것은 좋지 않다. '안 돼'와 '할 수 없다'라는 말은 '따귀를 찰싹 때리듯' 기분 나쁘게 다가오기 때문이다. 대신 '~하기만 하면', '~한 후에'라는 말을 써보자. "치료가 끝나기만 하면 상쾌하게 집으로 갈 수 있어", "숙제를 다 한 후에 친구들과 놀아도 돼" 하고 말이다.

차들은 차선을 사이에 두고 마주 달린다. 불과 수십 센티미터

간격을 두고 지나가는데도 사람들은 놀라지 않는다. 서로 차선을 지킬 것임을 알고 있기 때문이다. 샘 혼은 우리의 대화에도 그런 '약속'이 필요하다고 말한다. 앞서 소개한 내용은 '적을 만들지 않는 대화'를 위한 '약속'인 셈이다.

5

누구나 읽고 싶어지는 글을 쓰고 싶다면

전달력 높이기

스티븐 킹의 공식

패션 액세서리는 많다고 좋은 것이 아니다. 액세서리는 옷차림에 포인트를 주는 정도로 그쳐야 한다. 치렁치렁하게 잔뜩 달린 장식은 되레 차림새를 천박하게 만든다.

문장도 그렇다. 글은 깔끔하고 이해하기 쉬울수록 아름답게 다가온다. 꾸밈말이 많은 문장은 속을 느글거리게 할 뿐이다. 다음은 최고의 문필가 중 한 명인 정민 교수에 얽힌 일화다. 어느 날 스승이 그에게 '공산목락우소소空山木落雨蕭蕭'를 우리말로 옮겨보라고 했다.

텅 빈 산에 나뭇잎은 떨어지고 비는 부슬부슬 내리는데

정민 교수가 처음 풀어낸 문장이다. 이를 본 스승 이종은 교수는 혀를 찼다. '空(빌 공)'을 가리키며 물었다. "여기 '텅'이 어디 있어?" 그러고는 옮긴 문장에서 '텅'을 지웠다. 그다음에는 '나뭇잎'에서 '나무'를 지웠다. "잎이 나무인 것을 모르는 사람도 있나?" 심지어 '떨어지고'에서 '떨어'까지 덜어냈다. '부슬부슬 내리는데'에서는 '내리는데'마저 없앴다. 남은 문장은 이랬다.

빈 산 잎 지고 비는 부슬부슬

필요 없는 말은 가차 없이 버려야 한다. 그래야 문장에 속도가 붙고 이해하기도 쉬워진다. 반면 꾸밈말은 잡초와도 같다. 조금만 마음을 놓아도 마구 늘어난다는 뜻이다. 한 가지 예를 들어보자.

"어젯밤 사람들이 즐겨 찾는 리스본 고등학교 체육관에서는 홈 팀이냐 제이 힐스 팀이냐를 떠나서 모든 관중이 리스본 고교 역사상 전례가 없는 한 선수의 활약상에 경탄을 금치 못했다. 작은 체구와 정확한 슈팅으로 '총알'이라는 별명을 얻은 로버트 랜섬이 자그마치 37점을 따낸 것이다."

유명 소설가 스티븐 킹이 고교 시절에 썼던 신문 기사다. 편집장은 글을 이렇게 고쳤다.

"어젯밤 리스본 고등학교 체육관에서는 모든 관중이 한 선수의 활약상에 경탄을 금치 못했다. 로버트 랜섬이 자그마치 37점을 따낸 것이다."

편집장은 이렇게 충고한다. "이야기를 쓸 때는 자신에게 그 이야기를 들려준다고 생각해. 그리고 원고를 고칠 때는 이야기와 상관없는 것들을 찾아 없애는 것이 중요해." 깨달음을 얻은 스티븐 킹은 글 고치는 공식을 만들었다.

'수정본 = 원본 − 10퍼센트.'

불필요한 내용과 표현은 가차 없이 버리라는 뜻이다.

독서 기록이라면 문장이 더욱 간결해야 한다. 가장 중요한 것은 '전달력'이다.

쉽게, 더 쉽게 '번역'하라

독서 기록에는 읽은 책의 내용이 알기 쉽게 담겨 있어야 한다. 독서 기록이 원래의 책보다 어렵다면 이만저만 낭패가 아니겠다. 그런데 어떻게 해야 쉽게 쓸 수 있을까? 초등학교 6학년에게 책을 소개한다는 마음으로 글을 써보자. 선생님에게 보인다고 생각하고 글을 쓰면 표현과 내용이 자꾸만 어려워진다.

그렇게 써도 선생님이 알아서 이해하리라고 믿기 때문이다.

초등학교 6학년이 고개를 끄덕이게 쓰려면 되도록 쉬운 낱말을 써야 한다. '경탄을 금치 못했다'와 '크게 놀랐다'를 견주어보라. 어느 쪽이 이해하기 쉬울까? 좋은 서평가는 우리말을 우리말로 '번역'하느라 머리를 싸맨다. 내용을 더 쉽게 전달하는 표현을 찾으려고 고민한다는 뜻이다.

또한 한 문장에는 하나의 내용만 담아야 한다. "어젯밤, 사람들이 즐겨 찾는 리스본 고등학교 체육관에서는 홈 팀이냐 제이힐스 팀이냐를 떠나서 모든 관중이 리스본 고교 역사상 전례가 없는 한 선수의 활약상에 경탄을 금치 못했다"라는 문장은 따라가기 벅차다. 한 문장에 너무 많은 것을 담은 탓이다. "리스본 고교 체육관은 사람들이 즐겨 찾는 곳이다", "홈 팀과 제이힐스 팀이 경기를 한다", "리스본 고교 역사에서 전에 없던 일이 벌어졌다"는 내용이 한꺼번에 독자에게 쏟아진다. 이런 글은 소리 내어 읽기에도 숨이 차다.

군살 없는 문장 만들기

좋은 글을 쓰려면 화초 가꾸듯 문장을 다루어야 한다. 잡초를 뽑듯 불필요한 표현과 내용은 솎아내야 한다. 뜻한 바가 싱

싱하게 살아나도록 쉽고 분명한 우리말 표현도 끊임없이 찾아내야 한다. 읽기 좋게끔 짧은 호흡으로 문장을 써야 한다는 점도 놓치지 말아야겠다.

나아가 단락의 모양도 꼼꼼히 살펴야 한다. 한입에 넣기 어려운 음식은 맛있어도 손이 덜 간다. 글도 그렇다. 뇌가 받아들이기 좋게끔 내용을 알맞게 쪼개보자. 짧고 속도감 있는 문장, 적절한 분량으로 쪼개진 단락은 읽고 싶은 글을 만든다. 글을 쓰며 계속 소리 내어 문장을 읽고 다듬어보라. 쏟은 노력만큼 글은 맛깔스러워지는 법이다.

"고물상에서 구해온 물건처럼 자기 글이 낯설게 보일 때까지 시간을 묵혀야 한다. 그 후에 글을 고쳐라"라는 스티븐 킹의 충고도 새겨들을 만하다. 쓸데없는 표현과 성긴 논리를 제대로 고치기 위해서는 시간이 흐른 뒤에 다시 읽어볼 필요가 있다.

군살 없는 몸매는 보기에 좋다. 뿐만 아니라 움직임이 가뿐하고 건강하다. 군살 없는 문장도 마찬가지다. 이해하기 쉬울뿐더러 글의 메시지도 싱그럽게 살아난다. 좋은 문장의 생명은 '전달력'에 있다. 독서 기록같이 책의 내용을 소개하고 설명하는 글에서는 더욱 그렇다.

짧은 문장으로,
논리에 맞게 천천히 풀어내라

《안정효의 글쓰기 만보》

독서 기록 가이드

페스티나 렌테festina lente. '천천히 서두르라'는 뜻입니다. 저자 안정효는 호흡이 빠르면서도 독자가 감질날 만큼 천천히 호기심을 채워주며 이야기를 풀어내는 소설가입니다. 이 글에서는 안정효의 소설 작법에 대해 독자의 궁금증이 더 커지도록 내용을 짜보았습니다. 글을 읽고 이 책이 읽고 싶어졌다면, 성공한 글이라 하겠습니다.

안정효의 글쓰기 설명은 생생하고 친절하다. "말하지 말고 보여주어라Don't tell, Show"라는 격언처럼, 안정효는 설명하기보다는 풍부한 사례로 창작 기법을 '보여준다.'

먼저 문장 작성법부터 살펴보자. 안정효는 문장 꼬리에 붙는 '있을 수 있는 것'을 모조리 없애라고 충고한다. 학생들의 글을 뜯어보면, '~ 있다', '~ 수 있다', '~ 것이다'라는 표현이 유독 많다. 이를 모두 없애라는 말이다. '그러나', '하지만' 등의 접속사 역시 버려도 된다. 군더더기가 많은 문장은 힘이 떨어진다. 나아가 그런 문장은 독자가 이해하기도 어렵다.

모든 글에는 육하원칙이 담겨 있어야 한다. 글 자체만으로 '무슨 일 때문에 누가 어떻게 얼마나 어땠는지'가 드러나야 한다는 뜻이다. 왜 그럴까? 안정효는 답을 주기보다 독자들에게 숙제를 내준다. 독자 스스로 생각해서 논리 감각을 익히게 하기 위해서다.

"스물아홉 살 청년이 서울시청 옥상에 올라가 비둘기 150마리를 죽였다. 왜 그랬을까? 이유를 적어보라." 그가 내준 숙제 중 하나다.

안정효는 자신이 가르쳤던 학생들의 답안을 예로 들어 무엇이 논리적이고 무엇이 그렇지 않은지를 일깨워준다. 어떤 학생은 비둘기가 청년 가족의 눈을 쪼아 눈을 멀게 했기 때문이라고 했다. 하지만 비둘기는 맹금猛禽이 아니라서 사람을 공격하지 않는다. 시청 비둘기 담당 직원의 딸에 대한 원한으로 이런 짓을 저질렀다면? 훨씬 그럴듯하다. 여러 이유를 들이대며 하나씩 가늠하다 보면, 어느덧 독자의 논리 감수성은 한 뼘 더 자라난다.

글을 맛깔스럽게 쓰는 데도 '문학적 논리'는 도움을 준다. 존 오하라의 소설 《웃음소리The Big Laugh》는 "남자가 웃었다"라는 문장으로 시작한다. 하나의 문장은 구구절절한 설명보다 더 많은 호기심을 불러일으킨다. "젊은 남자가 호쾌하게 웃었다"라고 썼다면 어떨까? 오히려 독자의 관심이 떨어진다. 상상의 폭이 줄어들기 때문이다. 사람에게는 주어진 사실에 대한 이유를 찾으려는 '논리 본능'이 있다. 독자가 "왜 그 남자가 웃을까?", "남자는 누구일까?"를 궁금해하며 작품을 좇아가도록 만들어보라.

결론을 한꺼번에 드러내서는 곤란하다. 겹겹이 싸인 선물의 포장지를 벗겨낼 때처럼, 내용을 조금씩 드러내야 한다. 그래야 독자가 이해하기 쉽고 흥미도 유지되기 때문이다. 라벨의 관현악곡 〈볼레로〉처럼 주제를 반복하면서 조금씩 긴장감을 더해가는 것도 좋겠다. 그러나 작품을 끝낼 때는 과감해야 한다. "하고 싶은 말을 다했으면 끝내라."

《안정효의 글쓰기 만보》는 지금 설명한 작법에 충실한 책이다. 군더더기가 없고 내용은 조금씩 반복된다. 주제와 내용이 감질나게 노출되니 책에서 손을 떼지 못하게 된다. 독자들은 고개를 끄덕거리며 자신의 글쓰기 습관을 반성하게 된다. 나아가 작가의 솔직담백한 글쓰기 습관을 읽으며 나도 쓸 수 있다는 자신감을 얻게 된다. 이 점에서 《안정효의 글쓰기 만보》는 훌륭한 글쓰기 멘토링이라 할 만하다.

이 책의 분량은 500쪽이 넘는다. 어지간한 독자들은 책의 두

께에 버거워할지 모르겠다. 하지만 이 책은 '골라 읽기'가 가능하니 괜히 주눅 들 필요가 없다. 책꽂이에 꽂아두고 글쓰기가 막힐 때마다 꺼내 주르륵 훑어보자. 책의 어느 한구석에서 자신에게 꼭 필요한 글을 만나게 될지 모른다. 문단의 대가의 원 포인트 레슨은 여느 얼치기 선생의 백 마디보다 낫다. 내가 가르치는 학생들의 책꽂이에 꽂아주고 싶은 책이다.

4부

글을 돋보이게 하는 한 끗 차이의 비밀

글쓰기의 필살기 연습하기

명품은 포장도 남다르다. 포장이 멋지면 상품까지 돋보인다. 글에 대한 평가도 본 글만큼이나 곁다리처럼 여겨지는 요소에 따라 많이 달라지곤 한다. 특히 제목이 그렇다. 훌륭한 글도 제목이 너무 밋밋해서 빛을 잃는 경우가 흔하다. 서걱거리는 문장은 더 말할 나위가 없다. 좋은 양념은 재료의 숨은 맛을 끌어낸다. 이번 장에서는 독서 기록을 더욱 돋보이게 하는 여러 기법을 살펴보자.

1

좋은 글은 첫인상부터 다르다

제목 달기

글도 첫인상이 중요하다

학생회장 선거에 두 명의 후보가 나왔다. 한 후보는 똑똑하고 당당한 인상을 준다. 반면 다른 후보는 주눅 들어 보이는 데다 말투까지 어눌하다. 투표에 앞서 두 후보는 학생들 앞에서 자기소개를 했다. 첫 번째 후보는 첫인상에 걸맞게 또랑또랑하게 자기를 밝혔다. 그에 비하면 두 번째 후보는 안쓰러워 보일 정도였다. 기어들어가는 목소리에 흔들리는 눈동자.

하지만 후보 토론이 벌어지자, 둘의 처지는 완전히 바뀌어 버렸다. 당당하고 또랑또랑해 보였던 후보의 말은 전혀 논리가 없었다. 어수룩했던 두 번째 후보는 집요하게 상대를 물고 늘어졌다. 한 시간 가까이 이어진 토론, 누가 보더라도 두 번째 후보의 승리가 확실해 보였다. 투표 결과는 어떻게 되었을까? 과연 두 번째 후보가 학생회장이 되었을까?

심리학자들은 이 물음에 고개를 가로젓는다. 사실 위의 상황은 심리학자들이 학생들 몰래 꾸민 실험이었다. 투표는 두 번 이루어졌다. 두 후보의 자기소개가 끝난 다음 한 번, 한 시간여의 토론이 끝난 다음에 또 한 번.

1차 투표에서는 당당하고 자신감 있던 첫 번째 후보가 이겼다. 무려 '8 대 2'로 큰 차이가 났다. 2차 투표에서는 토론 내내 상대를 궁지에 몰아넣었던 두 번째 후보가 이기지 않았을까? 안타깝게도 결과는 그렇지 않았다. '7 대 3', '6 대 4'까지 따라붙었지만, 첫 번째 후보를 이기지는 못했다.

이 실험을 통해 심리학자들은 '3분의 장벽'이라는 재미있는 이론을 이끌어냈다. 처음 3분 동안에 좋은 인상을 주지 못하면, 그다음에는 아무리 많은 노력을 해도 부정적인 이미지를 바꾸기 어렵다는 뜻이다.

이 '3분의 장벽'은 독서 기록에서도 통한다. 흥미를 확 잡아끄는 제목은 처음부터 독자의 뇌를 흥분시킨다. 딱딱하고 군내 나는 제목은 정반대이다. '라이프니츠의 미적분 이론과 헤겔 법철학 비교 연구'라는 제목은 어떤가? 읽고 싶은 마음이 좀처럼 생길 것 같지 않다. 똑같은 내용이라도 제목을 '괴짜 헤겔의

라이프니츠 길들이기'라고 붙인다면 어떨까?

맛깔스럽고 쌈박한 제목은 읽고 싶은 마음을 불러일으킨다. 시작이 반이라는 말이 있다. 제목이 좋으면 절반은 성공했다고 볼 수 있다. 누군가가 내 글을 읽게 만든다는 점에서 그렇다. 아무도 보지 않는 글만큼 비참한 처지도 없다.

내용만 보여주는 건 좋은 제목이 아니다

그렇다면 독서 기록의 제목을 어떻게 달아야 할까? 먼저 내 글을 누가 읽을지, 독자들이 어디에 관심을 갖고 있는지를 살펴야 한다. 읽는 목적이 분명한 이들에게는 정직한 제목이 최고다. '스마트폰 100퍼센트 활용법' 같은 문구는 최신 스마트폰을 사려는 사람들에게 확 다가가는 제목이다.

'기말 성적을 100점으로 만드는 비밀'이라는 제목은 누구에게 호소력이 있을까? 기말고사를 앞둔 학생이라면 당연히 이 제목에 솔깃할 것이다. 하지만 70대 할머니는 이런 제목에 전혀 관심이 없다. 이 경우는 '내 손자를 우등생으로 만들려면'이라는 제목이 더 그럴듯하게 다가온다. 이처럼 제목을 지을 때는 읽는 사람의 처지와 관심을 잘 헤아려야 한다.

독서 기록은 책을 읽고 느낀 바를 담은 글이다. 따라서 제목에서부터 책의 내용이 드러나면 좋겠다. 책의 핵심을 짚은 제목이면 더욱 좋다. 예컨대 인터넷이 자리 잡던 시절, 빌 게이츠의 《미래로 가는 길》은 인터넷의 미래를 보여준 책으로 관심을 끌었다. 이 책의 독서 기록에 '인터넷 없는 컴퓨터는 코드선 빠진 전화기다 – 시대를 앞서간 빌 게이츠의 예언'이라는 제목은 꽤 적절해 보인다. 책에서 말하고자 하는 바가 바로 이것이기 때문이다. 당시에 컴퓨터는 말 그대로 냉장고처럼 제각각 장만해서 써야 하는 '덩치 큰 계산기'에 가까웠기에, 지금처럼 네트워크로 연결되는 장치라는 생각 자체를 하기 어려웠다.

하지만 좋은 제목은 책의 내용을 보여주는 데 그쳐서는 안 된다. 유명한 책일수록 관련된 글들이 세상에 차고 넘친다. 숱한 글 가운데 독자들이 내가 쓴 책 소개를 굳이 읽어야 할 까닭은 무엇인가? 내가 쓴 글은 다른 글들에 비해 어떤 점에서 더 나은가? 독서 기록의 제목은 이 두 물음에 답을 주어야 한다.

책에서 관심을 끌었던 부분을 제목에 드러내 보자. 나라면 막스 갈로의 다섯 권짜리 소설 《나폴레옹》의 서평 제목을 이렇게 달겠다. "나폴레옹에게는 5분이면 충분했다."

뭐가 5분일까? 솔깃했다면 성공한 제목이다. 독자들은 궁금증을 풀기 위해 나의 글을 읽게 될 것이다. 수천 쪽이 넘는 이 소설에서 내가 흠칫했던 대목은 나폴레옹의 사랑이었다. 숱한 귀족 부인들과 '전투하듯 나누었던 짧은 사랑' 말이다. 나폴레옹은 5분 이상 부인들과 같은 방에 있지 않았다.

이 부분은 책에서 한 단락 정도로 짧게 소개되어 있다. 하지만 오히려 이런 내용이 제목으로는 적절할 수도 있다. 호기심을 끌 만하지만 여느 사람들은 눈여겨보지 않는 대목이기 때문이다. 제목을 정할 때는 나에게 가장 흥미로웠던 부분이 무엇이었는지부터 점검해보자. 나의 관심과 생각이 드러나지 않는 제목은 팥 없는 찐빵과 같다. 읽을 맛 안 나는 밍밍한 내용 요약일 뿐이라는 의미다. 물론 자신이 잡은 문구가 누군가에게 불편하게 다가가지는 않는지, 사회 통념에 맞는지도 살펴보아야 한다. 앞서의 제목도 그렇다. 귀족의 불륜을 당연한 듯 여겼던 나폴레옹 시대와 달리, 오늘날에는 그런 모습이 부적절해 보이는 탓이다.

좋은 제목을 끌어내는 두 가지 질문

사실 제목 달기는 독서 기록에서 가장 마지막에 이루어지곤 한다. 자신이 쓴 독서 기록을 거듭 읽으며 글을 가장 돋보이게 해줄 문구를 궁리한다. 이 점에서 글의 제목을 다는 일은 '화룡점정畵龍點睛'과 같다.

하지만 제목에 대한 고민은 글을 쓰기 시작하는 순간부터 마음에 품고 있어야 한다. 나의 책 소개에서 핵심은 무엇인가? 내 글에 과연 사람들의 관심을 끌 만한 내용이 있는가? 이 두 물음을 글을 쓰는 내내 가슴에 품고 있어야 한다. 오래 끓일수록 국물 맛이 제대로 우러나는 법이다. 책 제목도 그렇다. 두 가지 물음과 제대로 씨름했다면 훌륭한 제목은 저절로 떠오르게 되어 있다. 고민 없이 찾아드는 영감이란 없다.

영혼 없는 기교는
말에 뿌리는 조미료일 뿐이다

《최카피의 워딩의 법칙》

독서 기록 가이드

독서 기록에서는 보통 책의 주요 내용을 세 개, 많아도 다섯 개로 추려내는 편이 좋습니다. 그래야 독자가 전체 얼개를 가늠할 수 있으니까요. 이 책에는 독서 기록에 담긴 내용보다 훨씬 많은 노하우가 담겨 있습니다. 하나같이 요긴한 가르침이지만, 독서 기록에서는 과감하게 덜어냈습니다. 글을 쓸 때는 '결기 있게 버리는 용기'가 필요합니다.

'푸아종Poison'은 독毒이라는 뜻의 프랑스어다. 푸아종은 크리스찬디올의 향수 이름이기도 하다. 향수 이름이 '독'이라니, 뭔가 심상치 않다. 마음 밑바닥에서부터 호기심이 일어날 수밖에 없다. '아름다운 오해' 같은 말도 마찬가지다. 오해는 늘 나를 짜증나게 하고 뒷목 당기게 한다. 그런데 오해가 '아름답다'니, 무슨 소리일까?

말은 어떻게 하느냐에 따라 의미와 감동이 하늘과 땅 차이다.

'워딩wording'이란 말을 맛깔스럽게 꾸며서 전하는 기술이다. 좋은 말본새에 목마른 이들에게 《최카피의 워딩의 법칙》은 버릴 내용이 하나도 없는 책이다. 저자인 최병광, 최현주는 책을 쓸 당시 각각 13년차, 25년차 카피라이터였다.

저자들은 독자의 영혼을 흔들고 싶다면 '명령'하라고 충고한다. 늘 결심만 하고 실천은 못하는 소심한 사람들에게는 더욱 그래야 한다. '20세, 세상을 꿈꿔라'라는 책 제목을 예로 들어보자. 주눅 들고 희망을 잃은 이들에게 '하라'는 지시는 되레 용기를 북돋는다. "할리 데이비슨에 오르라. 아이들에게는 영웅이 필요하다"는 문구는 또 어떤가. 이 '명령'은 할리 데이비슨 오토바이에 대한 시시콜콜한 설명이나 친절한 안내보다 훨씬 효과적이다. 불필요한 꾸밈말을 모두 날려버리고 행동으로 옮기게 하는 말만 남겨보자.

나아가 지시는 구체적일수록 좋다. "산으로 가자"보다, "도시인이여, 산으로 가자"가 낫다. 누구한테 하는 말인지가 분명하면 의미가 훨씬 뚜렷하게 다가온다. "열아홉 살, 지금 사랑에 빠진 여자들만 보세요"라는 광고도 그렇다.

그러나 분명한 표현은 되레 지루할 수도 있다. '앵두 같은' 다음에 오는 '입술'은 어떤가? 너무 뻔하다. 하품이 절로 나온다. 반면 앞뒤가 흐릿한 이야기는 호기심을 자극한다. 《그리고 아무

말도 하지 않았다》라는 전혜린의 수필집 제목을 보라. '그리고' 아무 말도 하지 않았다니, 도대체 무슨 일이 있었을까? 〈사노라면〉이라는 노래 제목도 그렇다. "사노라면 언젠가는 좋은 날도 있겠지"라고 말할 때보다, '사노라면' 하고 짧게 던질 때 독자의 뇌는 훨씬 예민해진다. 드러나지 않은 말은 숱한 의미와 생각을 불러일으킨다.

잘 알려진 이미지를 활용하는 것도 좋다. "목련꽃 그늘 아래서 베르테르의 편지를 읽노라"라는 노랫말로 시작하는 〈4월의 노래〉를 보자. "목련꽃 그늘 아래서 절절한 연애편지를 읽노라"라고 할 때보다 처연함이 절절하게 묻어난다. "회사를 그만두고 소크라테스의 삶을 생각했다"라는 표현도 비슷하다. 이미지는 구체적일수록 호소력이 강하다. 베르테르와 소크라테스가 지닌 이미지 덕에 의도하는 바가 훨씬 생생하게 살아난다.

희망에 차 있는 상대에게는 부푼 기대를 일깨우는 물음이 효과적이다. 가슴 설레게 하는 상대에게서 "사랑해도 될까요?"라는 고백을 들으면 어떨까? "나는 그대를 사랑합니다"라는 밋밋한 말보다 훨씬 더 진하고 깊은 감동을 준다. 희망과 긍정이 담긴 물음은 나의 영혼을 행복으로 가득 채우곤 한다.

그러나 잔재주는 잔재주일 뿐이다. 가슴에서 우러나오는 따뜻함이 없다면 워딩은 제대로 살아나지 않는다. "말은 따뜻한

오븐에서 나와야지 냉장고에서 나와서는 안 된다." 유명한 카피라이터인 헬 스테빈스의 충고다.

영혼 없는 기교는 말에 뿌리는 조미료일 뿐이다. 그 순간은 달콤하지만 쉽게 질리고 정 떨어지게 만든다는 뜻이다. 예부터 시 잘 짓고 문장 잘 쓰는 선비들은 존경을 받았다. 그들에게 시와 문장 쓰기는 인격을 닦는 방법이기도 했다. 성장하지 않는 영혼에는 문장력이 자리 잡을 곳이 없다. 글쓰기가 짧은 시일 안에 늘지 않는 까닭도 여기에 있다.

2

마지막까지 독자를 사로잡는 힘

이야기 활용하기

설명하기보다 보여주라

연예인이나 스포츠 관련 기사는 술술 읽힌다. 반면 신문 사설은 좀처럼 읽기 싫다. 논리적 사고를 키워주는 읽을거리가 나에게 더 이롭다는 점은 분명하다. 그런데도 보기 싫은 마음은 어쩔 수가 없다.

그렇다면 스스로에게 물어보자. 사람들은 과연 책 소개하는 글을 읽고 싶을까? 유익한 것은 알지만 좀처럼 마음이 가지 않는다면? 아무리 좋은 내용이면 뭐 하겠는가. 아무도 읽지 않는 글은 잉크 묻은 휴지일 뿐이다. 어떻게 해야 흥미진진한 글을 쓸 수 있을까? 답은 연예 뉴스나 스포츠 기사 안에 있다. 다음 두 문장을 비교해보라.

"세상에 이런 일이!"

"세상에 이런 일이 왜 일어났는지를 심도 있게 파헤친다!"

"세상에 이런 일이!"는 확 호기심을 끈다. 뭔가 신기하고 놀라운 일을 들려줄 것 같아서다. 연예나 스포츠 기사는 딱 이 수준에서 그친다. 가수 A와 B가 열애설에 휩싸였단다. 야구선수 C는 45호 홈런을 쳤다고 한다. 이 사실로 독자가 머리 아플 일은 없다. 그냥 놀랍고 재미있는 소식일 뿐이다.

하지만 "세상에 이런 일이 왜 일어났는지를 심도 있게 파헤친다"는 어떤가? 일단 읽는 사람의 마음이 무거워진다. 몸을 쓰는 운동이 힘들듯, 생각을 모으고 내용을 따라가는 일은 버겁다. 그래서 유능한 작가는 설득하기보다 보여주려고 애쓴다. 복잡한 논리를 펼치기보다, 핵심을 드러내는 이야기를 들려준다는 뜻이다.

구체적이면서도 핵심을 담은 이야기의 힘

예를 들어보자. 헨리 조지의 《진보와 빈곤》은 땅을 둘러싼

경제 문제를 다룬 책이다. 다음은 《진보와 빈곤》에 나오는 에피소드다.

모세는 이스라엘 민족을 이끌고 이집트를 탈출했다. 사막에 다다른 사람들이 굶주림에 시달리게 되자, 신은 하늘에서 만나를 내린다. 양도 충분해서 모든 이들이 먹고도 남을 정도였다. 그런데 만약 사막이 개인 땅이었으면 어땠을까? 신이 만나를 내려주어도 소용없다. 개인 땅에 떨어진 만나는 엄연히 '개인 소유'이기 때문이다. 주인 허락 없이 손을 댔다간 도둑으로 몰릴 터다. 땅 주인은 자기 땅에 떨어진 만나를 주워 모아 배고픈 이들에게 팔고, 헐벗은 사람들은 가진 것을 탈탈 털어 만나를 산다. 그러다가 결국 사람들은 아무것도 내놓지 못하는 지경에 내몰리고 만다.

그렇다면 주인은 어떨까? 사람들이 가난해질수록 만나도 팔리지 않는다. 주인은 만나가 '과잉생산'되었다며 한숨을 쉰다. 한쪽에서는 사람들이 배를 곯고, 반대쪽에서는 만나가 쌓인 채 썩어가는 상황이 벌어진다.

에피소드만 읽어도 책의 주장이 한눈에 들어온다. 헨리 조지는 '땅은 개인이 소유할 수 있는 것'이라는, 우리가 당연하게 여기는 생각에 물음을 던지고 싶었던 거다. 유능한 서평가는 '저자가 말하고자 하는 핵심을 담은 이야기'를 놓치지 않는다. 나의 책 소개를 읽게 하려면, 먼저 "머리를 쓰지 않고도 이해될

만큼 구체적이면서도 본질을 드러내는 이야기"부터 찾아야 한다. 아무리 딱딱하고 어려운 책이더라도, 저자가 이해를 돕기 위해 드는 예화 한둘은 있기 마련이다. 책 소개를 할 때는 이를 짚어내야 한다.

그러나 독서 기록의 목적은 재미를 주는 데에만 있지 않다. 어린이약은 달달한 시럽으로 만든다. 쓴 약을 삼키게 하려고 단맛을 담뿍 뿌리는 셈이다. 이를 당의정糖衣錠이라 한다. 결국 먹어야 할 것은 당의정이 아니라 약 자체다. 달콤함에만 신경 쓰다간 건강을 망친다. 독서 기록도 마찬가지다. 에피소드로 시선을 끌었다면, 이제 책의 주장을 들려주어야 한다.

어떻게 해야 호기심으로 반짝이는 독자의 눈동자를 끝까지 끌고 갈 수 있을까? 에피소드 따로, 책 내용 따로 풀어나가면 독서에 대한 흥미는 금방 식어버린다. 그러니 에피소드를 찬찬히 풀어가면서 책의 내용을 소개하는 방법이 좋겠다. 《비트겐슈타인은 왜?》라는 책이 있다. 1946년, 케임브리지대학에서 철학자 루트비히 비트겐슈타인과 칼 포퍼가 서로 말다툼을 벌였다. 비트겐슈타인은 불같이 화를 내다가 부지깽이를 손에 집어들기까지 했다. 결국 그는 화를 참지 못하고 강의실을 박차고 나가버렸다.

이 책은 10여 분 동안 일어났던 이 사건을 파헤친다. 비트겐슈타인의 험악한 행동을 설명하기 위해 저자는 이곳저곳을 쑤

서댄다. 비트겐슈타인과 포퍼가 자랐던 오스트리아 빈의 상황, 두 사람의 삶, 당시 철학의 흐름과 둘 사이의 생각 차이 등등.

그러다 보니 책은 300쪽이 훌쩍 넘어버린다. 내용도 결코 만만하지 않다. 철학에서 역사, 정치와 경제까지 모두를 건드리는 탓이다. 그럼에도 독자는 좀처럼 책을 내려놓지 못한다. '진실'이 무엇인지 점점 궁금해져서다. 예컨대 비트겐슈타인과 칼 포퍼는 둘 다 유대인으로 오스트리아 빈에서 태어나 자랐다. 그렇지만 철강 재벌의 막내아들로 태어나 제1차 세계대전에 참전했으며, 초등학교 교사라는 독특한 경력을 가진 비트겐슈타인과 변호사 아들로 태어나 젊은 시절 사회주의 운동에 빠져 혁명을 꿈꾸었던 칼 포퍼의 인생은 결이 완전히 달랐다. 과학과 언어라는 탐색했던 분야도 같았지만, 세상을 보는 관점은 완전히 달랐다. 이렇듯 책은 사생활, 가십에 가까운 내용에서부터 출발해 점점 깊숙하고 진지한 논의로 독자들을 이끈다. 좋은 독서 기록도 이래야 한다. 핵심 에피소드에 뿌리를 두고 호기심이 점점 뻗어나가게 하라는 뜻이다.

독자가 다다를 곳을 알려주며 진행하라

독자가 어디까지 따라가야 할지를 틈틈이 알려주는 것도 좋겠다. 언제 끝날지 모르는 달리기는 막막하다. 뛰다가 포기할 지도 모른다. 반면 얼마나 더 뛰어야 할지를 알면 힘도 덜 든다. 체력을 적절하게 배분할 수 있을뿐더러, 언제쯤 끝난다는 희망도 있기 때문이다.

독서 기록도 이래야 한다. 좋은 서평가는 독자가 다다라야 할 목적지를 확실하게 일러준다. “이 책의 핵심은 세 가지로 압축된다”, “세 가지의 주된 내용을 하나씩 살펴보자” 하고 말이다. 이런 말을 통해 독자는 자신의 ‘진도’를 확인할 수 있다. 두 번째까지 읽고 이해했다면, 이제 하나만 남았다며 자신을 다독이게 된다.

물론 복잡한 주장을 단순한 이야기로 풀어내는 솜씨는 아무나 부리지 못한다. 이런 능력을 발견하는 ‘눈’도 하루아침에 생기지 않는다. 독서 기록을 쓸 때는 저자의 핵심 주장부터 짚어내야 한다. 이것을 저자가 제시한 예화들과 꼼꼼히 견주어보자. ‘구체적이면서도 핵심을 담은 예화’는 이럴 때에만 눈에 들어온다.

카타르시스는
잘 짜인 플롯에서 나온다

●

《스토리텔링의 비밀》

독서 기록 가이드

잘 쓴 독서 기록은 책의 전체 구도가 한눈에 들어옵니다. 이를 위해서는 책을 꼼꼼히, 여러 번, 거듭해서 읽고 내용을 정리해야 하지요. 소개할 내용이 많아서 분량이 너무 길어질 것 같으면 일단 길게 글을 써보세요. 그런 다음 글을 줄여나가면 됩니다. 이런 과정을 거쳐 A4 한 장 분량으로 내용을 줄이면 책의 고갱이만 남게 되지요. 이 글은 그렇게 쓰인 독서 기록입니다. 알맹이가 꽉 찬 느낌으로 다가오는지 한번 읽어보세요.

"갑자기 폭탄이 터지면 좋은 영화가 아니다." 영화감독 앨프리드 히치콕의 말이다. 예를 들어보자. 탁자 밑에 폭탄이 놓여 있다. 관객은 이 사실을 안다. 하지만 영화 속 주인공은 모르고 있다. 폭탄의 시계는 계속 재깍거린다. 언제 터질지 모를 지경이다. 관객은 손에 땀을 쥔다.

만약 관객도 폭탄이 있다는 사실을 모른다면 어떨까? 그러면 영화는 황당해진다. 갑자기 일어난 폭발을 어떻게 설명한단 말인가. 긴장과 재미를 주려면 영화는 제대로 된 '흥행공식'을 따라야 한다. 《스토리텔링의 비밀》은 극劇을 흥미진진하게 전개하는 방법을 일러준다.

영화를 만들고 싶어 제작자를 찾아갔다고 해보자. 무엇부터 이야기해야 할까? 먼저, 어떤 작품인지를 한마디로 설명할 수 있어야 한다. 〈조스〉라면 '식인 상어를 막는 일을 다룬 영화'라고 정리하는 식이다. 이를 로그 라인logline이라 한다.

로그 라인이 분명해졌다면 이제 스토리를 드러낼 차례다. 스토리는 행동으로 나타나야 한다. '차를 너무 좋아하는 남자 이야기'라는 말로는 영화를 꾸리지 못한다. 화면으로 나타내려면 "그 남자는 차를 너무 좋아해서 차를 훔쳤다"라고 해야 한다. '좋아한다'는 감정 자체를 화면으로 드러낼 방법은 없다. 반면 '훔쳤다'는 얼마든지 장면에 담을 수 있다. 행동은 겉으로 보이기 때문이다. 시나리오를 '액션 아이디어'로 이어가야 하는 이유는 여기에 있다. 액션 아이디어란 행동을 중심으로 스토리를 풀어가는 방법을 말한다.

스토리의 큰 틀을 짠 다음에는 이를 흥미진진하게 풀어내야 한다. 저자는 그 방법을 아리스토텔레스의 《시학》에서 끌어온다. "플롯은 잘 들어맞아야 하며, 어떤 사건을 빼면 말 그대로 전체가 무너져 내려야 한다." 그만큼 작품에 군더더기가 없어야 한다는 뜻이다.

또한 상식적인 이야기는 독자에게 따분함을 줄 뿐이다. 스토리는 놀라움을 담고 있어야 한다. 하지만 "그냥 엄청난 놀라움이 아니라, '예측 가능한' 놀라움을 주어야 한다." 그럴 수 있겠다며 고개를 끄덕이지 못할 이야기는 헛웃음만 짓게 한다.

실제로 있을 법한 이야기처럼 되었다면, 극의 흐름에도 신경 써야 한다. 극에는 반전과 발견이 있어야 한다. 먼저, 이를 이끄는 슬픈 이야기가 배경으로 깔려야겠다(아리스토텔레스는 비극만을 다루었다). 주인공은 가슴 아픈 도덕적 갈등에 휘둘리면 더 좋겠다. 이러지도 저러지도 못하는 것이 우리 인생 아니던가. 그래서 관객은 내용에 깊이 공감할 수 있다. 시나리오에서는 선과 악이 충돌하고, 주인공은 이를 균형 잡히게 이끌어가야 한다. 이야기를 이끌 중요하거나 소소한 인물들도 적절하게 배치해야겠다.

작품의 목적은 결국 카타르시스에 있다. 카타르시스는 묵은 감정을 털어낼 때 느끼는 후련함이다. 카타르시스는 잘 짜인 플롯에서 나온다. 전체 얼개가 변변치 못하면 배우가 아무리 잘생기고 장면이 화려해도 소용이 없다. 훌륭하고 멋진 대사도 마찬가지다. 지붕을 아름답게 칠해봤자 그것을 받쳐줄 기둥이 허술하다면 무슨 소용이겠는가.

아리스토텔레스의 《시학》은 2500년 동안이나 널리 읽힌 책이다. 착한 주인공이 겪는 갈등, 곳곳에 깔린 복선 등 할리우드 영화의 뻔한 흥행공식도 《시학》에 뿌리를 두고 있단다. 그러나 아리스토텔레스는 글은 영혼으로 써야 한다고 말했다. 그가 일러주는 공식은 감동을 담는 그릇일 뿐이다. 작가의 개성과 절절함이 없다면 온갖 비법도 지루함을 줄 뿐이다. 좋은 작품 특유의 색깔과 절절함은 하루아침에 만들어지지 않는다. 창작이 치열하고 힘든 작업인 까닭은 여기에 있다.

3

생생하고 친숙해야 재밌다

눈길을 사로잡는 표현법

구체적으로, 감각에 호소하라

오늘 점심 메뉴, 정말 맛있었다. 그 황홀한 맛이란! 아아, 이 기쁨을 친구들에게 어떻게 전해준단 말인가.

"오늘 점심 정말 최고였어."

밋밋하다. 이렇게 해서는 식탁의 훌륭함을 제대로 전달하기 어렵다. 좀 더 분명하고 생생하게 표현해보자.

"짜장면 색깔부터 유리로 코팅된 듯했어. 어흐, 깔끔한 불맛

향이란!"

좀 더 절절해졌다. '유리', '깔끔한 불맛 향'에서 혀가 긴장하는 게 느껴진다. 이처럼 무엇에 빗대어 소개하면 뜻하려는 바가 뚜렷해진다. 이번에는 식당 풍경부터 시작해서 음식 그릇에 이르기까지, 모양새를 더 구체적으로 설명해보자.

"바닥부터 천장까지 말끔해. 먼지 하나 없어. 주방이 다 보이는 데다, 신선한 재료 냄새까지 풍겨와. 짜장 그릇도 맑은 노란색으로 깨끗하고 정갈해. 짜장의 검은 색깔과 잘 어우러져서 무척 고급스러워 보여. 단무지도 어찌나 사각사각 맛있게 씹히던지, 어흐 정말…."

귀, 눈, 혀, 코로 느껴지는 감각을 떠올리게끔 상황을 그려보면, 쏟아지던 잠도 금세 달아난다. 책 소개도 그래야 한다. '참 재미있는 책이었다', '감동적이었다' 같은 표현은 독자들이 딴 생각하게 할 뿐이다. 책을 평가할 때는 눈과 귀, 코와 입으로 느끼게 할 만큼 구체적으로 표현해보자. 독자의 오감을 깨우는 책 소개는 뇌가 입맛을 다시게 만든다.

"신선한 느낌의 소설이다."

"더운 여름날, 시원한 수박을 한입 베어먹은 것처럼 상큼한 소설이다."

두 표현 중 어느 쪽이 더 인상 깊게 다가오는가? 평가는 구체적일수록 더 뚜렷하게 다가온다. 글을 쓸 때도 마찬가지다.

"건물은 400미터나 이어졌다."
"건물의 너비는 축구장 두 개를 합친 것보다 컸다."

여기서도 두 번째 설명이 머릿속에 더 선명하게 그려진다. 가게가 1층에 있는지, 2층에 있는지에 따라 장사 매출은 크게 달라진다. 손님들은 대부분 2층에 올라가는 수고를 피하고 싶어 해서다. 읽기도 그와 다르지 않다. TV를 볼 때는 책을 읽을 때보다 머리를 덜 써도 된다. 당연히 사람들은 책보다 TV 앞에 훨씬 자주 앉는다. 글을 쓸 때는 이 점에 신경 써야 한다. 추상적인 표현보다는 눈에 보이는 것과 견주어 말하는 쪽이 더 분명하게 다가온다. 두 번째 문장처럼 말이다. 이렇듯 뜬구름 잡는 주장이나 이론보다는 눈으로 보듯 생생한 예시를 제시하는 게 낫다.

친숙함으로 독자를 '낚아라'

나아가 글머리에 흥미를 잡아당기는 내용을 넣으면 더더욱 좋다. 애피타이저가 괜히 있겠는가. 아무리 맛있는 음식이라도 입맛이 당기지 않으면 먹고 싶지 않다. 흥미가 먼저, 주장은 나중에. 마음이 급하더라도 독자의 눈길을 사로잡는 게 우선이다. 그렇다면 어떤 내용을 던져야 독자의 흥미를 잡아끌까?

독자에게 너무 생뚱한 내용은 되레 읽고 싶은 마음을 날려버린다. "중앙아시아 A 국가의 B 도시에서 시장 선거가 있었다"는 소식을 예로 들어보자. 특별한 이슈가 없는 한, 이런 이야기는 별다른 관심을 끌지 못한다. 반면 'BTS가 가장 좋아하는 것'은 어떤가. 사람들은 자기가 잘 아는 것에 더 호기심을 느낀다.

독서 기록에서도 생뚱맞은 내용은 관심을 끌기 어렵다. 일단 사람들이 많이 알 만한 내용을 미끼로 삼아보자. 독자의 흥미를 '낚았다면', 이제 본격적으로 책 소개를 시작해도 되겠다.

> "프랑스 소설 《처절한 정원》은 제2차 세계대전의 비극을 다룬 소설이다."
> "프랑스 소설 《처절한 정원》은 《안네의 일기》에 견줄 만한 작품이다."

《처절한 정원》은 한국 독자에게는 조금 생소한 소설이다. 하지만 잘 알려진 《안네의 일기》와 엮이면 훨씬 가깝게 느껴진다. 소개할 책을 아는 독자가 적다면, 이처럼 잘 알려진 책에 빗대어 소개하는 것도 좋겠다.

한 끗 차이를 살려내야 호기심이 자극된다

독서 기록이 제공하는 정보는 신선하고 참신해야 한다. '교장 선생님 훈화 말씀'을 좋아하는 학생은 많지 않다. 왜 그럴까? 교장 선생님이 틀린 말씀 하실 리는 없다. 지당하고 옳은 이야기다. 그런데 지루하다. 흥미를 끌려면 이야기에 '반전'이 숨어 있어야 한다.

예를 들어보자. "천재는 99퍼센트의 노력과 1퍼센트의 영감으로 만들어진다." 누구나 아는 에디슨의 명언이다. 여기까지는 새로울 것이 없다. 그런데 에디슨이 말하고자 한 바가, 1퍼센트의 영감이 없으면 아무리 노력해도 소용없다는 뜻이었다면? 상식이 뒤집힐 때 독자의 호기심이 발동한다. 한마디로 책의 '엣지edge'를 담은 1퍼센트를 제대로 살려내야 좋은 글이라는 평가를 받을 수 있다.

비주얼을 넘어 오감을 일깨우는 구체적인 소개, 뻔하지 않은 이야기, ‘엣지’ 있는 정보. 독서 기록에 사람들의 관심을 붙들어 매고 싶다면 이 세 가지를 마음속에 새겨두어야 한다.

'하고 싶은 말을 안 하는 힘'도 중요하다

《좋아 보이는 것들의 비밀》

독서 기록 가이드

매장 전시 기법을 소개하는 책이지만, 읽다 보면 마케팅에 대한 저자의 철학이 더 강렬하게 다가옵니다. 저자가 소개한 유용한 전시 기법을 보여주며, 그의 혼魂이 느껴지게끔 신경 써서 독서 기록을 써보았습니다. 저자의 철학이 다가오나요?

배스킨라빈스의 색은 분홍색이다. 이마트는 노란색이고, 스타벅스는 짙은 초록색이다. 이렇듯 잘나가는 브랜드는 자신들의 주제 색상을 소비자에게 각인시킨다. 그러나 배스킨라빈스 매장이 온통 핑크색으로 가득하지는 않다. 이마트도 노란색은 극히 일부에만 쓰인다. 스타벅스도 찬찬히 매장을 훑어보면 초록색이 많지 않다. 그럼에도 각 브랜드가 분홍, 노랑, 초록으로 기억되는 까닭은 무엇인가?

공간이 한 가지 색상으로만 가득하면 사람들은 쉽게 질린다.

'70:25:5'는 주제 색상을 돋보이게 하는 황금 비율이다. 여기서 70퍼센트는 기본 색상, 25퍼센트는 보조 색상, 5퍼센트는 주제 색깔이다. 스타벅스를 예로 들어보자. 매장의 70퍼센트를 이루는 벽은 아이보리색이다. 각종 집기는 보조색인 갈색이고, 제품에 새겨진 로고는 초록색이다. 대략 매장 전체의 5퍼센트 수준이다. 이마트나 배스킨라빈스 매장을 떠올려보아도 사정은 비슷할 것이다.

색상은 욕망을 불러일으킨다. 붉은색과 노란색의 과자 봉투를 보면 사람들은 단맛을 떠올린다. 붉은색 바탕에 흰색 글씨가 쓰여 있으면 왠지 칼로리가 낮을 것 같다. 붉은색과 갈색이 섞여 있으면? 숙성된 깊은 맛이 느껴진다. 장독 안의 고추장을 상상해보라.

이렇듯 색상은 우리의 감정과 느낌을 쥐락펴락한다. 상품을 팔려면 색깔에 신경을 써야 하는 이유다. 빛에는 온도가 있다. 이른바 색온도color temperature다. 왜 결혼식장에는 붉은색 카펫이 깔려 있을까? 고급스러운 느낌도 주지만, 붉은색 자체가 시간을 길고 중후하게 느끼게 하는 효과가 있기 때문이다.

호텔 화장실에서 셀카를 찍는 사람이 많다. 3500캘빈 정도의 색온도는 아침나절의 노란 태양빛과 비슷하다. 이 정도 색온도에서 얼굴이 더 생동감 있어 보인다. 이쯤 되면 희극에서는 조명에 노란 필터를, 비극에서는 파란 필터를 쓰는 이유를 짐작할 수 있을 것이다. 형광등으로 무성의하게 진열해놓고 왜 팔리지 않는지 고민하고 있다면 반성해야 한다.

"빛이 찬란하게 빛나기 위해서는 어둠이 있어야 한다." 프랜시스 베이컨이 한 말이라고 한다. 백화점 복도는 어둡고 상품이 진열된 공간은 밝다. 밝은 곳에 사람들의 시선이 가기 때문이다. 모든 곳에 환한 조명을 비추기보다 주목해야 할 곳에 조명을 밝혀야 한다.

조명의 각도 또한 중요하다. 옷 가게에서 피팅룸은 구매 여부를 결정짓는 중요한 공간이다. 이곳의 조명이 머리 위에서 바로 떨어진다면 어떨까? 바로 위에서 비추는 빛은 정수리 부근에 그림자를 드리운다. 그러면 주름이 도드라지고 얼굴도 어두워 보인다. 좋은 옷을 입고 있어도 왠지 초라해 보일 것이다. 조명이 45도로 가슴 아래쪽을 비출 때 얼굴이 가장 예뻐 보인다. 또한 비스듬한 조명은 공간을 생동감 있게 보이게 하는 효과도 있다.

상품을 배치할 때도 사람의 심리를 헤아려야 한다. 두 시간 정도 쇼핑을 한다면 대략 4킬로미터를 걷게 된다. 그런데도 피로감은 크지 않다. 왜 그럴까? 비결은 '섬 진열'에 있다. 쇼핑센터 중앙의 넓은 주 통로에는 여섯 걸음마다 섬처럼 매대가 놓여 있다. 각 매대마다 파격적인 할인 제품들이 어지러이 쌓여 있다. 왠지 행운을 건질 듯한 설렘이 계속 고객의 발길을 이끄는 셈이다.

진열을 할 때는 왼쪽에 싸고 화려한 제품을, 오른쪽에 이윤이 높은 상품을 놓는 편이 낫다. 우리의 시선은 왼쪽부터 먼저 훑고 점차 오른쪽으로 옮겨가기 때문이다. 왼쪽의 상품으로 고객의 관심을 끌었다면, 오른쪽의 상품은 더 깊게 생각하도록 이끈다. 왼쪽 상품에 끌려서 가게에 들어왔지만, 정작 사서 나가는 제품은 오른쪽의 것이 되도록 설계하라는 뜻이다.

스티브 잡스는 비움의 가치를 알았다. '하고 싶은 말을 안 하는 힘'도 중요하다. 본질만 남기고 불필요한 것을 덜어내라는 뜻이다. 애플 매장은 인간의 신체에 대한 이해를 바탕으로 편히 제품을 만질 수 있도록 설계되었다. 그러나 제품 외에는 어지러운 광고가 없다. 이 모두를 뛰어넘어, 가장 중요한 것은 매장의 '철학'이다.

> '살 만한 가치'라는 말을 바꾸면 '내가 고객에게 전달하고 싶은 철학'이 된다. 그 철학이 분명히 전달되어야 한다. 전달되지 않는 철학은 아무 소용이 없다.

나는 과연 무엇을 알리고 싶은가? 내가 팔려는 것은 어떤 가치가 있는가? 《좋아 보이는 것들의 비밀》은 상품을 좋아 보이게 하는 방법만 일러주지 않는다. 장사의 기본은 핵심 가치에 있다. 이 책이 흥미롭게 읽히면서도 가볍게 느껴지지 않는 이유는 본질을 놓치지 않는다는 점에 있다.

4

낭독하기 좋은 글이 잘 쓴 글이다

문장 다듬는 방법

읽을수록 감칠맛 나는 문장의 비밀

소설가 이외수는 젊은 시절 문장을 다듬고 또 다듬었다. 《꿈꾸는 식물》 같은 그의 오래된 작품들을 읽으면 문장이 자연스레 뇌에 녹아든다. 그가 최고의 인기 작가가 된 데는 뛰어난 문장력도 한몫을 했다.

> 갑자기 사람들이 몹시 그리워져 왔다. 역시 인간이란 좋은 것이다. 가슴이란 것이 있기 때문에 좋은 것이다. 서로가 가슴속에 다른 식물을 키우고 있어도, 그 식물을 진실한 마음으로 키운 자는 키운 자끼리, 먼 훗날은 가슴을 맞댈 수 있어 좋은

것이다.

《꿈꾸는 식물》에서 따온 문장이다. 읽을수록 혀에서 감칠맛이 돈다. 안타깝게도 이렇게 글을 잘 쓰는 작가는 흔치 않다. 학술적인 책을 읽을 때면 되레 머리에 쥐가 나는 경우도 있다. 다음 문장을 보자.

"그런 것 같으이. 그리고 잘 알고 있게나. 글라우콘! 내 판단대로, 이제까지의 논의를 통해서 이용했던 그런 방법들로는 이 문제를 우리가 결코 정확하게 이해하지 못할 것이란 걸."

인정받는 학자가 우리말로 옮긴 플라톤의 《국가》에서 따온 구절이다. 읽다 보니 혀가 꼬이고 호흡이 가빠진다. 내용은 더 말할 것도 없다. 골치 아픈 철학책에 흥미를 느끼기 어려울 수밖에 없다. 한 번에 이해되지 않는 문장이 자꾸 나오면 읽고 싶은 마음이 사라지게 된다.

그러나 뇌가 뒤틀릴 만큼 어려운 책일수록 독서 기록은 대접을 받는다. 독자들은 책을 이해하기 쉽게 풀어주는 설명을 찾기 때문이다. "개떡 같은 내용도 찰떡같이 이해할 수 있게 다듬어라." 글을 쓸 때 명심해야 할 말이다.

소리 내어 읽어 보라

무엇보다 서평가는 배배 꼬인 문장을 쉽게 풀어주어야 한다. 어떤 방법이 있을까? 잘 이해되는 문장은 무엇보다 읽기에 편하다. 알베르토 망겔의 《독서의 역사》에 따르면, 원래 글은 입으로 중얼거리며 읽는 것이었다. 옛사람들은 노래하듯 글에 리듬을 실어 읽었다. 낭랑한 목소리로 몸을 흔들면서 내는 '책 읽는 소리'는 듣는 이의 마음을 편안하게 한다.

소리 내어 읽기에 무리 없는 글은 눈으로 따라가기에도 부담이 없다. 옛사람들이 글을 쓸 때 운율에 신경을 썼던 이유다. 리듬감이 있는 글은 훨씬 잘 읽힌다. 김소월의 〈진달래꽃〉을 예로 들어보자.

> 나 보기가 역겨워 가실 때에는
> 말없이 고이 보내 드리오리다.
> (…)
> 나 보기가 역겨워 가실 때에는
> 죽어도 아니 눈물 흘리오리다.

시행의 낱말 수가 앞뒤로 딱 맞아떨어진다. 읽을 때마다 문장이 혀에 착 달라붙는다. 100여 년 전에 지어진 어느 고등학교의 교가도 그렇다.

> 태동太東이라 대한에서 서울 복판에
> 우뚝 솟아 눈 틔우는 우리 중동은
> (…)

'태동', '눈 틔우는' 등, 잘 쓰이지 않는 말들이 섞여 있어도 운율이 있다 보니 내용이 부드럽게 다가온다. 사람들은 외우기 어려운 내용을 노래로 만들어 부르곤 한다. 조선 왕들의 이름을 "태정태세문단세…" 하고 운율을 살려 외우듯이 말이다.

독서 기록의 문장에도 리듬이 살아 있어야 한다. 우리말은 자연스레 앞말과 뒷말이 대구對句를 이루며 리듬을 만든다. "~은 ~이다", "~는 ~이고, ~는 ~이다" 등등 주어가 말머리를 잡아 올리면 서술어는 말꼬리를 끌어내리는 식이다. 그래서 주어-서술어가 잘 맞아떨어지는 문장은 듣기에도 좋다. 엄마가 짧고 리듬감 있게 쓰인 동화책을 읽어주면 아이가 스르르 잠이 드는 이유다.

짧은 호흡과 자연스러운 리듬

글을 써 내려가면서 문장을 거듭 소리 내어 읽어보라. 읽는 소리가 자연스레 물결을 이루는가? 숨 가쁘지 않게 문장을 읽을 수 있는가? 이런 글이 되기 위해서는 무엇보다 문장이 짧아야 한다.

학습심리학자들에 따르면 문장은 5~7개 단어로 이루어질 때 가장 이해하기 쉽다. 전화번호도 그렇다. 숫자는 대개 네 자리씩 끊어 읽는다. 067-1234-4321, 이런 식으로 말이다. 06712344321로 붙여 읽는 사람은 거의 없다. 받아들이기 버겁기 때문이다. 문장도 마찬가지다. 문장의 길이가 짧으면 글의 리듬이 자연스레 살아난다.

문장의 끝말에도 신경을 써야 한다. 모든 문장이 '~이다'로 끝나면 어떨까? 매일 똑같은 반찬을 먹는 것처럼, 우리의 뇌는 글에 대한 입맛을 잃어버리고 만다. '~이다', '~한다', '~일까?', '~테다' 등등 말꼬리는 끊임없이 모양새를 달리해야 한다. 말꼬리는 밑반찬과도 같다. '읽는 맛'에 적지 않은 몫을 차지한다는 뜻이다. 글을 다듬으며 말꼬리가 단순하지 않은지 꼭 챙겨보라.

이제 《국가》의 문장으로 되돌아가 보자. 왜 학술서는 읽기에 버거울까? 말의 리듬을 잃어버린 탓이 크다. 특히 번역한 책들은 더 심하다. 원문을 오역 없이 옮기는 데만 신경 쓰다가, 우리말에 어울리는 호흡을 놓쳐버렸기 때문이다. 앞에서 인용했던 문장을 리듬이 살아나도록 바꿔보자.

> "그런 것 같네, 글라우콘! 지금까지의 방법으로는 문제를 제대로 이해하지 못할 듯싶네. 우리는 이 점을 잘 새겨야겠지."

문장을 짧게 하고 주어와 서술어 사이의 거리를 당겼다. 그리고 말꼬리를 '~네', '~!', '~야겠지' 등으로 변화를 주었다. 훨씬 내용이 분명하게 다가오지 않는가? 우리의 뇌는 귀에 착 달라붙는 문장을 좋아한다. 짧은 호흡과 자연스러운 리듬, 좋은 독서 기록의 문장에는 이 두 가지가 살아 있다.

소리 내어, 온몸으로 읽어보라

《읽는다는 것》

독서 기록 가이드

짧은 책을 소개할 때는 책에서 생략된 내용을 보완해주는 것도 좋습니다. 하지만 억지로 내용을 채우려다 보면 원래 책의 의도가 일그러지기도 합니다. 이 책은 분량도 짧고 더 보탤 내용도 없습니다. 그래서 책의 내용을 장의 분량 비율에 맞게 '축약'의 느낌으로 글에 담아보았습니다.

원래 책은 소리 내어 읽는 것이었다. 선비들은 "하늘~천, 땅~지" 하는 식으로, 몸을 흔들며 구수한 목소리로 책을 읽었다. 서양 수도원에서도 책을 소리 내어 읊조렸다. 그렇게 하면 책의 내용이 훨씬 뚜렷하게 다가온다. 눈으로만 읽는 게 아니라 온몸으로 읽기 때문이다.

가수는 노래할 때 자기 몸을 울림통으로 삼는다. 온몸을 울려서 소리를 낸다는 뜻이다. 옛사람들의 책 읽기도 다르지 않았다. 게다가 책을 여럿이 함께 소리 내어 읽기도 했다. 지금도 교실에서 학생들은 종종 합창하듯 다 같이 책을 읽는다. 읽다 보면 어느덧 모두가 함께한다는 느낌과 푸근함이 찾아든다.

책을 눈으로 조용히 보게 된 것은 그리 오래되지 않은 일이다. 100여 년 전에야 사람들은 책을 눈으로만 읽기 시작했다. 여럿이 모인 장소에서 소리 내어 읽다가는 주변에 방해가 되는 탓이다. 이제 우리는 책을 혼자서 조용히 읽는다. 그렇다면 책 읽는 맛이 예전보다 떨어졌을까? 꼭 그렇지는 않다. 혼자서 읽을 때는 책 속 인물들이 스스로 목소리를 낸다. 예를 들어보자.

"아, 내 죄 썩은 내가 하늘까지 나는구나. 난 인류 최초의 형제를 죽인 저주를 받고 있다. 난 기도할 수도 없다."

《햄릿》에 나오는 구절이다. 이 말을 하는 사람은 남자일까, 여자일까? 일러주지 않아도 마음속에서는 중년 남성의 목소리가 튀어나온다. 머릿속으로 글을 품을 때 상상은 한껏 크게 자라난다.

읽기는 글자와 책에서만 그치지 않는다. 일상에서는 "판을 읽는다", "수를 읽는다"는 말을 종종 한다. 읽기는 활자를 따라가는 것을 넘어 의미를 짚어내고 찾는 것이다. 이 점에서 읽기는 '듣기' 및 '보기'와도 맞닿아 있다. 이해를 좇는다는 점에서는 같기 때문이다.

하지만 제대로 알아듣기란 무척 어렵다. 《벌거벗은 임금님》

을 예로 들어보자. 사람들은 아무것도 입지 않은 임금님을 보고도 벌거벗었다고 차마 말하지 못했다. 임금님의 투명 옷은 '현명한 자'에게만 보인다고 했기 때문이다. 임금님이 알몸이라 했다간 스스로 현명하지 못한 자라고 인정한 꼴이 될 터다. 이처럼 세상을 보고 들을 때는 이런저런 생각이 끼어든다. 그래서 읽고 들은 것은 뒤틀리기 쉽다.

그렇다면 제대로 읽고 들으려면 어떻게 해야 할까? 저자인 권용선은 동화 《모모》의 주인공 '모모'처럼 해야 한다고 말한다. 자그마한 아이 모모에게는 놀라운 능력이 있었다. 모모와 이야기를 하면 성난 사람은 화가 가라앉았다. 다투던 사람들도 모모에게 하소연을 늘어놓았다. 그러면 마음이 풀려 서로 화해하게 되었다. 생각 없는 이들도 모모에게 자기주장을 늘어놓고 나면 이내 속이 깊어졌다.

모모에게는 어떤 능력이 있었을까? 그것은 '진심으로 귀 기울여 듣기'였다. 내 마음을 알아주는 이가 한 명만 있어도 세상은 살 만한 법이다. 하지만 누구 말을 제대로 듣기란 쉽지 않다. 그래서 오해도 생기고 사람들은 늘 티격태격하게 된다.

남의 말에 제대로 귀 기울이려면 어떻게 해야 할까? 무엇보다 '내가 말하는 그 사람'이라는 생각으로 들어야 한다. 내가 지금 절절하게 이야기를 털어놓고 있는 그 사람이라고 생각해보

라. 상대의 처지가 되어보면 보이지 않았던 부분도 보인다. 읽기란 마음을 열고 이해하는 과정이다. 이를 통해 영혼이 자라나는 과정이기도 하다. 더 아름답고 튼실한 영혼을 갖고 싶다면 진심을 다해 읽는 연습을 소홀히 해서는 안 된다.

'A4 한 장의 독서 노트'에 기록한 책들

읽기의 힘, 듣기의 힘
다치바나 다카시·가와이 하야오·다니카와 슌타로, 이언숙 옮김, 열대림(2007)

몰입의 즐거움
미하이 칙센트미하이, 이희재 옮김, 해냄출판사(2021)

어느 책 중독자의 고백
톰 라비, 김영선 옮김, 돌베개(2011)

공부
김열규, 비아북(2010)

선인들의 공부법
박희병 편역, 창비(1998)

프랭클린 자서전
벤저민 프랭클린, 이계영 옮김, 김영사(2009)

유튜브는 책을 집어삼킬 것인가
김성우·엄기호, 따비(2020)

서재 결혼시키기
앤 패디먼, 정영목 옮김, 지호(2002)

한국의 글쟁이들
구본준, 한겨레출판(2008)

교양노트
요네하라 마리, 김석중 옮김, 마음산책(2010)

사고 정리학
도야마 시게히코, 양윤옥 옮김, 뜨인돌(2009)

다른 세상은 가능하다
제이슨 델 간디오, 김상우 옮김, 동녘(2011)

책문, 시대의 물음에 답하라
김태완, 소나무(2004)

헤밍웨이의 글쓰기
어니스트 헤밍웨이, 래리 W. 필립스 엮음, 이혜경 옮김, 스마트비즈니스(2009)

적을 만들지 않는 대화법
샘 혼, 이상원 옮김, 갈매나무(2022)

안정효의 글쓰기 만보
안정효, 모멘토(2006)

최카피의 워딩의 법칙
최병광·최현주, 두앤비컨텐츠(2005)

스토리텔링의 비밀
마이클 티어노, 김윤철 옮김, 아우라(2008)

좋아 보이는 것들의 비밀
이랑주, 지와인(2021)

읽는다는 것
권용선, 너머학교(2010)

A4 한 장을 쓰는 힘

초판 1쇄 발행 2024년 8월 12일
초판 3쇄 발행 2024년 12월 1일

지은이 안광복
발행인 김형보
편집 최윤경, 강태영, 임재희, 홍민기, 강민영, 송현주, 박지연
마케팅 이연실, 송신아 **디자인** 송은비 **경영지원** 최윤영, 유현

발행처 어크로스출판그룹(주)
출판신고 2018년 12월 20일 제 2018-000339호
주소 서울시 마포구 동교로 109-6
전화 070-5080-4038(편집) 070-8724-5877(영업) **팩스** 02-6085-7676
이메일 across@acrossbook.com **홈페이지** www.acrossbook.com

ISBN 979-11-6774-161-5 03800

만든 사람들
편집 강민영 **교정** 오효순 **디자인** 송은비